나는 나의 최선이니까

서한겸 에세이

나는 나의 최선이니까

서한겸 에세이

STUDIO:ODR

작가의 말

상하기 직전의 방울토마토를 되는 만큼 살려보려 서둘러 씻다가, 십 년 가까이 세워만 둔 사다리를 중고 거래로 떠나보내며, 식당에서 경찰관을 위해 7천 원 짜리 점심 메뉴를 계산하다가, 아이스크림을 고르는 아이들을 구경하다가…. 일상에서의 경험은 내가 느끼는 기쁨과 슬픔의 (무엇보다 직접적인) 이유가 된다.

나는 5백 원어치 정도의 작은 일로 신바람이 나서 '산다는 게 이렇게 감격스러운 거였어!' 하며 두고두고 즐거워하기도 하고, 페이퍼컷 하나로 엉망진창이 되어 '이러느니 살고 싶지 않다!' 고 마음속으로 외치기도 한다. 혼자서 끓다가 식기를 반복하는 작은 주전자처럼 보글거리며 나름으로 마음을 가다듬어보려 애쓸 뿐. (대개는 실패….)

그러다 시간이 흐른 뒤, 일상에서의 경험이 내 마음에 떨군 물음표와 느낌표, 혹은 말줄임표를 발견한다. 나는 이러한 부호의 의미를 하나하나 전부 헤아려본다. 누가 시키지 않았는데도 정말이지 열심히 연구에 몰두한다. 뒤늦게, 진심으로, 끈질기게.

이 책은 나라는 보통의 생활인이 일상에서 겪은 갖가지 '기쁨과 슬픔', 그리고 그로 인해 매일 조금씩 자라난 '나의 마음'에 대한 이야기다. 하루에 열두 번 정도 사소한 일에 좌절하다 죽음까지 생각하는 내가 아직 살아 있다는 것은 하루에 열두 번이나 (누구보다도 자주!) 그래도 죽기보단 살기를 선택했기 때문일 것이다. 세상 어디 내놔도 쓸모없는 게 마음이지만, 그래도 내 마음은 나만 소중하게 여겨줄 수 있으니까. 매일매일 밀려오는 밝고 어두운 마음들을 어떻게든 재밌는 방향으로 꿰어내는 수밖에는, 없다. 행운은 감사히 불운은 담담히! 언제나 결국 나는 나의 최선이니까.

일러두기

한국어 표기는 국립국어원 표준국어대사전을, 외래어 표기는 외래어 표기법을 따랐으나
일반적으로 통용되는 경우에는 관용에 따라 표기했습니다.

차례

우리 곁의 야생

살구는 맛있었다

오렌지 주스와 숨

버찌 주우려다

씨앗과 지구

방울토마토의 기분

몰랐어

살 곳

사냥

식물과 식물적인 것

마냥 봄

살구는 맛있었다

과일 가게에 갔다. 사람이 많았고 나는 토마토를 사려고 기다리고 있었다. 어떤 할머니가 나에게 마스크를 벗어보라고 했다. 살구가 맛있다며 막 마스크를 뚫고서라도 먹일 기세였다. 내가 당황해하면서 마스크를 벗지 않고 버티니 본인이 드셨다. 이런 시국에 마스크를 잘 착용하셔야죠 등 지금 돌아보면 할 말이 많았는데도 자꾸 권하시는 할머니를 물리치려고 기껏 한 말이 겨우 "저도 살 거예요"였다.

결국 살구도 5천 원어치 샀다. 할머니는 심지어 그냥 손님이었다. 살구는 맛있었다.

오렌지 주스와 숨

날이 차가워졌다. 여름내 사용하던 유리잔을 찬장에 넣고 도기잔을 다 꺼냈다. 그리고 감기 기운이 있어 오렌지 주스를 만 원어치나 사 왔다.

나는 오렌지 주스를 아주 좋아한다. 달고 신 그 맛도 좋고 색도 예쁘다. 오렌지라는 이름도 가볍고 산뜻하며 매끄럽게 발음된다. 오렌지의 둥근 모양도 따뜻한 해 같아 좋다.

매일 마시고 싶지만 가격이 비싸고 치아에 좋지 않고 당분이 많다고 해서 참는다. 하지만 어린 시절 감기로 병원에 가면 의사가 비타민 C가 필요하다며 엄마에게 오렌지 주스를 사주라고 했던 장면을 꼭 기억에 담아두고 있다가 감기 기운이 있으면 오렌지 주스를 사서 실컷 마신다.

그러다 조금 전 물을 마시려는데 신 냄새가 코로 훅 들어왔다. 흡, 숨을 멈추며 컵 안을 보니 오렌지 주스다. 물 마시던 잔과 오렌지 주스를 마시던 잔, 그리고 홍차를 마시던 잔을 다 식탁에 늘어놓았다가 그렇게 됐다. 순간 냄새가 거의 식초 같았다. 원래 식초가 들어간 음식도 잘 먹는데 이건 거의 불시에 공격받은 느낌이었다. 평소 그렇게 큰 자극을 즐겼단 말인가. 아니 그보다도, 내가 좋아하는 것도, 오직 내가 원할 때만 좋단 말인가? 그런 건가? '내 뜻'은 그토록 중요한가?

사람은 수많은 행위를 하고 수많은 상태를 오간다. 더웠다가 추웠다가 바빴다가 지루했다가 활기 넘쳤다가 지쳤다가 배가 불렀다가 고파진다. 그러니 한때 좋은 것이 언제나 좋을 리는 없다. 먹고 싶어 눈물을 흘렸던 케이크도 체했을 때는 구역질이 난다. 추운 날 천사 같던 핫팩이 여름에는 원수 놈, 구박덩어리, 보기만 해도 화나는 천덕꾸러기가 된다. 여름이라면 침을 꿀꺽 삼키게 하는 얼음 스무디를 한겨울 버스 정류장에서 귀가 빨갛게 언 사람 손에 쥐여준다면.

정말이지 '같은 일'은 없으며 맥락과 타이밍에 따라 의미도 느낌도 달라진다. 심지어 행위자가 다르다면 더 말할 것도 없겠지. 연인에게 안기고 싶었는데 알고 보니 다른 사람… 모르는 사람… 심지어 내가 싫어하는 사람의 품이라면? 물론 호러다. 때때로 객관적인 행위 자체는 그야말로 껍데기에 지나지 않는다. 한 서른 장짜리 보고서의 표지 정도 되는 것 같다.

물을 마시려다 뱉어버리고는 사뭇 심각한 얼굴로 식탁 앞에 서 있었다.

버찌 주우려다

비가 그쳤다. 깨끗하고 시원한 공기를 마시러 공터에 갔다. 온통 젖은 땅 위로 버찌가 떨어져 있었다. 검붉게 터진 열매들 사이에 동그랗게 형태가 온전한 것들도 있었다. 저거 먹을 수도 있나, 하며 벚나무 아래를 한참 살피는데 나뭇가지에 걸려 모자가 벗겨졌다. 갑자기 머리카락 사이로 시원한 공기가 들어왔다. 하늘은 완전히 맑고 파래져 있었다.

씨앗과 지구

친구가 바질 씨앗을 주었다. 투명한 플라스틱 통을 건네기에 화장품인가 하고 열어보니, 물 적신 솜 위로 1센티미터가 안 되는 뿌리를 낸 바질 씨앗 이십여 개가 오밀조밀 모여 있었다. 고마운 마음에 잘 키워보고 싶었지만 집까지 오는 길이 너무 멀었는지 흙에 옮겨 심은 것 중 네 개만이 초록색 싹을 틔웠다. 유난히 볼륨감 있고 탐스러운 잎이 튀어나오듯 자랐다. 겨우 네 개만 살아남았지만 그만큼도 신기했다.

흙을 어떻게 해서 저런 초록색을 만드는 거야.

신기했으면 더 마음을 쓸걸. 돌봐야 할 생명이 있다는 것을 잊은 채 며칠이나 집을 비우고 돌아와서 환기를 하려고 베란다 쪽으로 가다가 바질을 발견했다. 바질 싹 네 개는 시래기나 우거지와 같이 쪼그라들고 말라붙어 있었다. 가망이 없을 것 같았지만 죄책감을 덜기 위해서 아주 정성스럽게 물을 주었다. 뒤늦게 조급하게.

물을 너무 많이 주면 오히려 안 좋을 수도 있으니 뿌리 쪽은 하루에 두 번만 적시도록 하고 잎 쪽은 수시로 물뿌리개로 물을 뿌려주었다. 사실 말라비틀어져 '잎'이라고 부르기에도 민망했다. 안달하며 지켜보는 동안에는 별 차도가 없더니 다음 날 자고 일어났을 땐 한 개가 꽤 회복돼 있었다. 바람을 넣은 튜브처럼 볼륨감이 되돌아왔고 고개를 조금 들려고 하고 있었다. 초록빛도 돌기 시작했다. 나머지 세 싹에게는 미안하지만 하나라도 살아주어 다행이었다.

또 집을 비울 일이 생겨 이번에는 바질에 물을 충분히 주고 비닐봉지로 화분 전체를 감싼 뒤 공기구멍을 조금 뚫어 간이온실을 만들었다. 사흘 후에 돌아와 보니 바질은 오히려 더 싱싱하게 자라 있었다. 이십여 개를 흙으로 만들어버리고 하나 살린 내 바질. 이 조그만 온실이 성공적이어서 기뻐하고 있던 즈음 바질을 선물한 친구에게 연락이 왔다. 바질들은 잘 지내냐고. 아아… 사실은 잘 지내지 못하고 있어. 하나만 남았다고 솔직하게 대답했다. 친구는 우리 집까지 여행하는 게 바질한테는 무리였나 보다 하며 친절하게 위로해 주더니, 남은 바질은 잘 키워 바질 차로 마셔보라고 했다. 이 애를 먹으라고…?

옛날에는 기르던 돼지, 소, 닭 등을 자연스럽게 잡아먹었겠지. 하지만 이 바질을 먹을 수도 있다고 생각한 순간 느낀 나의 당황스러움은 '내가 애써 키운 걸 어떻게 먹나, 내 애정의 대상을' 이런 것이 아니었다. 내가 바질에게 어떤 물을 주었지? 저 화분은 인체에 무해한가? 흙은 깨끗한가? 오직 그것들로 지금의 바질이 만들어졌을 텐데. 먹어서 내 몸의 일부가 되어도 괜찮은 것들을 바질에게 주어왔나?

생각해 보니 그동안 내가 먹어온 수많은 음식에 대해서도 별로 알아본 적이 없었다. 쌀이, 밀가루가, 자몽이, 우유가, 소시지가, 파프리카가, 어디서 어떤 흙과 물과 손길과 사료로 자랐을지. 그런데 바질 딱 한 줄기를 키워보니 이런 생각이 들었다. 더 깨끗한 물을 줄걸. 그리고 그것은 굉장히 육체적인… 내 몸이 엮여 있는 감각이었다. 그저 죽지만 말아라 하는 마음으로 뿌린 물로 키운 바질을 내가 '먹을' 줄 알았다면…? 그 물이 내 몸으로 들어올 줄 알았다면 내가 먹는 물을 줄걸.

내가 먹을 쌀과 자몽과 가지와 밀이 자라는 흙이 깨끗했으면, 그 땅에 좋은 비가 내렸으면 싶었다. 그리고 내가 자주 사다 먹는 냉동 새우는 에콰도르산이던데. 에콰도르의 바다가 깨끗하길. 소와 돼지가 먹는 사료가 괜찮은 것이길. 내가 모르는 수많은 곳을 위해 원하고 기도하려니 감동적이기도 하고 벅차기도 했다. 마치 공기청정기 하나를 틀어놓고 온 지구의 공기가 깨끗해지길 바라는 듯 막연했다.

방울토마토의 기분

며칠 전 방울토마토 1킬로그램을 샀다. 하지만 열 개쯤 먹고 손이 잘 가지 않았다. 계속 신경 쓰였지만 안 먹고 있었다. 오늘 겨우 열어보니 방울토마토 두 개에 곰팡이가 심하게 슬어 그 주변의 알알에도 묻어 있었다.

이것아. 이렇게 될 줄 몰랐지. 작고 파란 열매로 자라기 시작할 때에 내가 곰팡이가 핀 것도 아닌데 곰팡이 핀 애 옆에 있다가 곰팡이 가루 조금 묻었다고 버려질 줄은 몰랐겠지. 이러려고 익었나. 벌레를 피해 가며 병을 피해 가며 말이다.

줄을 잘못 서서 어떻게 될 줄 모르는 건 방울토마토나 인간이나 매한가지다. 내가 타고난, 내가 될 수 있는 것만 되는 것인데도 꽤 좋은 상황에서, 거기다 노력해야만 그나마 모습을 보존하고 성체로 자랄 수 있다니. 하물며 그런 다음 곰팡이 옆에 놓였다고 버려지고.

유대인 수용소에서 살아남은 빅터 프랭클의 책을 읽고 깊이 좌절했었다. 초인적인 삶의 의지로 살아남은 줄 알았는데 알고 보니 의사여서 고비를 넘긴 적도 여러 번 있었던 것이다. 나는 의사도 아니고 딱히 쓸모도 없다. 하지만 이 사람 역시 그냥 줄을 섰는데 바로 앞사람까지만 죽을 곳으로 끌려간다거나 하는 랜덤한 생사의 갈림길을 많이 경험했다. 그런 때에 인간의 운명이란 방울토마토와 다를 게 없다.

이런 생각을 하며 곰팡이 묻은 토마토를 골라냈다. 실은 멀쩡한 것도 당장 음식물 쓰레기로 다 쏟아 버리고 싶었지만 그래도 음식인데 하는 죄책감에 망설였다. 너무 아까운데 그냥 먹기는 불안해서 곰팡이도 멸균(?)시킬 겸 데쳐서 토마토 매리네이드를 만들기로 했다. 피곤한 선택이었다.

방울토마토를 씻어 꼭지를 따고 칼로 십자를 낸 후 끓는 물에 잠깐 데쳐 껍질을 깐다. 꽤 힘든 과정이다. 껍질을 깐 방울토마토를 식초, 올리고당, 올리브유 등에 재워 몇 시간 뒀다 먹으면 된다. 내가 굉장히 좋아하는 맛이 되지만 정말 손이 많이 간다.

씻으면서 꼭지를 따는데 곰팡이 때문에 예민해져 있던 터라 손끝에 조금만 이상하게 느껴져도 손으로 튕겨 버렸다. 방울토마토 하나를 잡고 손가락으로 굴리며 약간 쥐어보는 데에 일 초도 걸리지 않았다. 나름대로 최선을 다해 자라고 익었을 알맹이를 약간 딱딱하다, 약간 찌그러졌다, 약간 쭈글쭈글한 것 같다 해서 튕겨내 버렸다. 경쾌하고 리듬감 있게. 음쓰(음식물 쓰레기)다음쓰. 이미 곰팡이 주변에 있던 애들도 싹 버렸는데. 버릴수록 먹을 것이 줄지만 노동도 줄기 때문에 더 가차 없이 버렸다. 게다가 잘못된 걸 먹으면 탈이 날 수도 있으니 당당하고도 호쾌하게 버렸다.

각종 공모전에 낸 포트폴리오가 검토되는 시간은 삼십 초 이하일 때도 있다고 한다. 작품을 만들고, 그것들을 형식에 맞춰 정리하고 편집해서 출력용 파일로 만든다. 좋은 프린터를 찾아 출력해서 클리어 파일과 서류 봉투에 넣어서, 방문 접수 또는 우편 접수. 그런데 이렇게 만들어진 포트폴리오가 내 것 말고도 한 오백 개쯤 오겠지. 그리고 사실 잠깐 봐도 알겠지. 휘리릭. 이건 아닌 것 같다는 말조차 없이 튕겨진대도 탓할 바가 아니다.

　　많은 경우 사람 또한 유용함을 기준으로 판단된다는 것을 20대 후반이 되어서야 깨달았다. 그러고도 오래도록 납득은 못 하고 있었지만. 친구만 해도 최소한 정서적 유용함이라도 있어야 만난다. 편하게 대화를 나눌 수 있다거나 배울 점이 있다거나 하소연을 할 수 있다거나 재밌다거나 등등. 누구나 자신의 시간과 에너지가 가장 중요하기 때문에 필요에 따라 사람을 취사선택한다. 이런 일은 자기도 모르는 새 일어난다. 냉정도 온정도 없다. 그냥 그런 거다. 나의 시간이 무한하다면 그러겠는가. 하지만 아니니까.

갑자기 그간의 억울감과 냉혹했던 경험을 납득하며 방울토마토를 다 씻었다. 상당히 골라냈다. 그다음 이제 십자 칼집을 내려고 하는데 칼이 무뎌 힘을 많이 주니 깊이 잘렸다. 칼을 갈았다. 날이 예리해지니 칼집을 살짝 낼 수 있었다. 무디면 깊이 자를 수는 있어도 얕게 칼집을 낼 수는 없다니 뭔가 준엄한 이치이며 삶에 직접 대입할 수 있는 비유인 것 같았다.

대략 삼십 초 정도씩 데치니 껍질이 잘 벗겨졌다. 껍질을 벗겨낸 방울토마토는 포도알처럼 되었다. 그러고 보면 토마토는 주머니 같은 구조다. 과육 안에 씨 부분을 담고 있다. 귀엽게도. 칼집이 나고 껍질이 벗겨진 방울토마토는 데쳐져서 그런지 약간 더 쫀득해진 것 같았다. 얘네를 그릇에 담고 식초와 올리고당, 올리브유를 넣고 뚜껑을 닫아 냉장고에 넣었다.

이 모든 일을 겪은 냉장고 안의 방울토마토는 음식물 쓰레기통 안의 방울토마토보다 행복할까? 나는? 방울토마토를 뜻대로 처분할 수 있으니 방울토마토보다 나은 걸까?

웬만하면 그렇다고 하자. 토마토 매리네이드가 시원해지면 꺼내 먹으며 행복해하는 쪽으로 마음을 정하려고 노력했다.

몰랐어

열흘쯤 전부터 작고 기름하게 생긴 고동색 나방이 많이 나타났다. 그리고 일주일 전 무렵부터는 흰 애벌레도 눈에 띄었다. 애벌레는 바나나 껍질 위를 기어다니고 있기에 바나나에서 나온 줄 알고 '바나나 벌레'라고 이름 붙였다. 바나나를 치웠는데도 점점 심해져서 그저께는 '아파트 애벌레'라고 검색해 봤다. 그랬더니 이 애벌레가 부화하면 고동색 나방이 되는데, 주로 쌀 등 곡물을 먹고 사는 화랑곡나방이라고 했다.

쌀을 뒤졌다. 깨끗해 보였다. 하지만 나방의 알도 희다고 해서. 쌀이랑 섞여 있으려나 싶어 쌀을 버리기로 했다. 일단 쌀 봉투를 검은 비닐로 꽁꽁 싸뒀다. 그랬는데 어제 또 애벌레도, 나방도 잔뜩 나왔다. 이럴 수가. 부엌 쪽, 가스레인지 아래 양 문 여닫이장 근처에 애벌레가 네다섯 마리씩이나 붙어 있었다.

느낌은 이랬다. 이 문… 열기 싫다. 그러나 이 안에 분명히 뭔가가 있다. 하지만 직면하고 싶지 않다. 모른 척하고 싶다. 보고 싶지 않다. 분명히 끔찍할 것 같다. 하면서 문을 열었는데…. 고춧가루가 담긴 검은 비닐봉지를 뚫고 애벌레들이 나오고 있는 걸 목격했다. 고춧가루는 원래 냉장이나 냉동 보관해야 한다고 한다. 몰랐다. 매운 거니까 그냥 둬도 괜찮을 줄 알았다.

어쨌든 바나나, 쌀이 누명을 쓴 뒤 결국 고춧가루로 밝혀진 나방의 먹이. 하긴 그 정도 벌레가 나오려면 쌀에도 구물구물 보였어야 했다. 그나저나 아이고… 맙소사. 고춧가루같이 매운 걸 먹고 사는 거니? 벌레들아….

살 곳

《논어》에 이런 말이 있다. "좋은 마을을 골라서 살지 않는다면 똑똑하지 못한 일이다." 크~ 웃음이 나온다. 제 살 곳 거의 고를 수 없는데요. 지역은 먹고사는 일에 따라 정해지죠, 집값, 교통 그리고 이사 날짜도 맞아야 하고요. 주변 상황까지는 고려할 여력이 안 될 때가 많다. 자연을 가까이하거나 이웃과 교류하며 살기는 더욱 어렵다. 그런데 이렇게 별 선택지 없이 정해진 주거 환경이 과연 삶에 꽤 깊은 영향을 끼치기는 한다.

옛날 사람들 사는 모습은 어땠을까? 누가 누구네 집 몇째인지 서로 다 알고, 우물에서 물 길어다 먹고, 빨래터에 모여서 빨래하면서 소문이 싹 돌고 대부분이 일 층에서 살고 문에는 창호지가 발라져 있고? 이것도 상상 못 할 일인데 더 옛날에는 불편하고 추운 정도가 아니라 나를 잡아먹을 수도 있는 존재들과 함께 지내야 했다.

뱀, 사슴, 멧돼지는 물론이고 호랑이와 곰이 철조망도 유리 벽도 없이 내 앞에 나타났겠지. 영상이나 VR 말고 진짜 호랑이가. 갑자기 딱 나타나. 나한테 달려온다? 몸이 상상을 거부한다. 정말 무섭다. 변변한 소리 한 번 못 지르는 먹잇감의 처지가 되어서, 호랑이님께서 다른 인간이든 뭐든 금방 배불리 드시고 오셨기만을 비는 상황. 아니 그냥 뼛속까지 기절해버릴 것 같다. 아니면 그 전에 내 목에 호랑이님의 이빨이 들어오겠지. 와.

고개 하나 건너가기가 얼마나 무서웠을까. (물론 가로등이 없다.) 강도도 무섭지만 그래도 인간에게는 빌어볼 수라도 있다. 이러니 평생 동구 밖도 못 나가 보고 태어난 마을에서 자라 살고, 한번 시집에 가면 친정에 다시는 못 가고 죽기도 하고 그랬나 보다. 그나마 집이라는 것도 나무, 풀, 지푸라기, 흙 이런 걸로 만들었을 거고.

이런 생각을 하며 동물들을 직접 봤던 경험을 떠올리니 한쪽을 철조망에 가둬두고 일방적으로 구경한 것을 '직접 봤다'고 할 수는 없지 않나 싶어졌다. 자기가 원래 살아야 할 환경과 전혀 다른 곳에서 살아간다면 그런 경우에도 여전히 자기 자신이라 할 수 있을까?

얼마 전 어느 동물원에서 퓨마가 우리를 벗어나는 사고가 있었다. 십몇 층의 아파트 안에 들어앉아서 그 뉴스를 보고 '퓨마가 계단을 잘 오를까? 엘리베이터를 타지는 않겠지?' 생각했다. 외출할 참이었는데 현관문을 열면 퓨마가 있는 건 아닐까, 그럴 가능성은 거의 없지만, 저대로 퓨마가 영영 안 잡힌다면 언젠가는 그럴 수도 있지 않을까? 그러면 어떨까 하며 잠시 현관에 서 있었다. 그리고 안전한 철제문 안에서 퓨마에 대해 검색해 봤다. 재규어, 치타, 표범, 퓨마를 구분하는 방법이 사진과 함께 나와 있었다. 퓨마는 덩치 큰 고양잇과 동물 중에서 무늬가 없는 애구나. 아 그리고 눈물 같은 무늬가 있는 게 치타지. 포유류 중에 단거리를 가장 빨리 달린다는 치타. 그런 치타도 나는 동물원에서 봤다.

돌고래 쇼를 보고서는 다시는 동물원 안 가겠다고 결심했지만 동물의 생김새가 너무 대단해서, 보고 싶어서, 다시 보러 갔다. 어떻게 그렇게 생겼을까. 치타의 어깨와 다리 근육, 배의 곡선은 날렵하고 탄력이 넘친다. 유리창 너머 우리 안을 리듬감 있게 왔다 갔다 하는 치타를 감탄하며 홀린 듯 바라봤다.

그러다 어느 순간 기분이 약간 이상해졌다. 치타는 우리의 이쪽 끝에서 저쪽 끝으로, 쉴 새 없이 오가고 있었다. 유리창 아래쪽 팻말에는 "치타는 시속 110km로 달릴 수 있어요!"라고 쓰여 있었다. 그런 치타에게 주어진 우리의 크기는 치타 '걸음'으로 네 걸음이었다.

내가 갇힌 듯 괴로워져 한동안 동물원에 가지 않았지만, 결국 또

갔다. 아쿠아리움에서 멸치, 정어리, 메기부터 상어까지 마음껏 구경하고 코끼리와 기린이 보고 싶어져 어린이대공원의 동물원에도 갔다. 기린을 보고 있을 때 멀리서 사자가 울었다. 대단한 포효였다. 무슨 일인지 사자는 계속 울었다. 나는 소리를 따라갔다. 큰북 몇 개는 합친 듯한 기세에 가슴이 두근거렸다. 사자 우리 앞에는 많은 사람들이 모여 포효하는 사자를 구경하고 있었다. 우는 사자를 배경으로 동영상을 촬영하거나 셀카를 찍고 있었다. 원래 사자가 살 곳에서 만났다면 펀치 한 번에 죽을 인간으로서 다음 생에라도 사자에게 앙갚음을 당할 것 같은 죄책감을 느끼면서도 이런 대단한 울음소리를 듣게 되다니 운이 좋다고 생각했다.

이번에 뉴스가 된 퓨마는 동물원에서 태어나 팔 년을 살다가 우리를 처음으로 나와, 동물원 안에서 몇 시간을 돌아다니다가 결국 사살되었다. 퓨마는 뒷다리가 길어 산을 잘 탄다는데 결국 산에는 한 번도 못 가본 채로 죽었다. 동물원 안이나마 한 번 넓은 곳을 돌아다녀 보면서 신났을까? 자유롭다고 느꼈을까? 어딘지 몰라 패닉에 빠졌을까? 자신이 원래 살 곳을 아예 모른다는 건 어떤 느낌일까?

나는 여기가 원래 내가 살 곳, 상황 조건인 것인가 집 안을 둘러봤다. 이마저도 내 것이 아닌 빌린 것이다. 게다가 이사할 날이 곧 또 다가온다. 가격과 이사 시기와 위치 등 조건이 맞고 방범 창과 창틀이 튼튼한 집을 나는 다시 찾아내야 할 것이다.

아파트 청약, 아파트 전셋값을 알아봤다. 다음엔 어디에서 살아야 하나.

어디에서 살 수 있을까.

사냥

✽

작은 천 위로 난 다리를 걷고 있었다. 주먹만 한 크기의 고동색 새가 일직선을 그리며 날아가는 것이 보였다. 날갯짓을 아주 세차게 하고 있었고 그 새 앞에 검고 동그란 벌레가 날아가고 있었다. 내가 두어 걸음을 걸은 후 새는 날개를 접고 천변으로 뚝 떨어지듯 하강했다. 벌레는 그리던 직선을 따라 쭉 날아갔다. 사냥이었던 모양이다.

사자가 영양을 쫓는 광경에 비할 바는 아니지만 두근거렸다. 목장, 도살장, 정육점, 마트 등을 통하지 않은, 직접 죽고 죽이며 먹고 먹히는 그런 관계는 저어기 아프리카에나 있는 줄로 생각하고 있었나. 그래, 참새와 비둘기만 해도 인간이 흘린 음식만 먹고 사는 건 아니겠지. 하지만 이렇게 쫓고 쫓기는 사냥을 목격한 건 처음이었다.

무슨 계시인지, 다음 날 저녁 아이스크림을 사서 집으로 오는 길에 갑자기 어떤 덩어리가 대단한 기세로 나를 향해 달려왔다. 파닷, 타타탓. 고양이 한 마리가 다른 고양이에게 쫓기고 있었다. 나도 무서웠지만 고양이들도 나를 보고 놀랐는지 전력 질주하던 방향을 급히 꺾어 화단 나무 덤불 속으로 차례로 사라졌다. 여전히 쫓고 쫓기는 채였다.

가슴이 뛰고 식은땀이 쫙 났다. 다리에 힘이 빠졌지만 아이스크림이 녹을까 봐 힘을 내서 집까지 왔다.

나는 아직도 '아직 아니'라는 느낌으로 산다. 뭔가 열심히 하고 싶어도 뭘 열심히 해야 하는지 잘 모르겠다. 고양이도 그런 박력… 그런 긴박함으로 살아가는데. '고양이보다는 열심히 산다'고 자부하고 있던 건 아니었지만 뭔가 정신 차려야겠다, 사는 게 장난이 아니다, 이런 생각이 들었다.

보이지는 않았지만 벌레의 날개도 빠르게 파닥이고 있었을 것이다.

아이스크림을 냉동실에 넣어놓고 나서도 한참 동안 두근거렸다.

식물과 식물적인 것

길가의 나무부터 보도블록 사이사이의 풀까지. 식물이 하나도 없는 주변을 상상하기 힘들다. 식물은 사회의 주요한 구성체다. 하지만 대개는 강아지 한 마리가 더 큰 파장을 주는 것 같다.

자기 의지로 움직인다는 것은 엄청난 존재감이다. 동물은 나의 의지와 상관없이 나에게 다가와 닿을 수 있다. 반면 식물은 내가 다가가기 전에는 나에게 영향을 끼치지 않는다. 그래서 그토록 신경 쓰지 않고, 마치 없는 것처럼 지나칠 수 있다. 크기보다는 움직임과 의지가 더 중요한가. 움직임이 힘 자체일까.

우리 주변의 생물 중 가장 큰 것은 물론 나무다. 새삼 생각해 보니 그렇다. 아파트 몇 층 높이만큼의 덩치이고, 공룡만큼이나 크다. 그런데 나는 나무를 완전히 해맑게 무시할 수 있고 눈치채지조차 않으며 배경처럼 여기고 심지어 발로 찰 수도 있다.

그런데 플라타너스의 뿌리를 밟고 서서 나무 기둥을 발로 차는 나의 모습을 상상하니 갑자기 내가 굉장히 작게 느껴졌다. 내가 노상 밟고 다니는 땅도 지구라는 사실과 태양도 생각이 났다. 그리고 그 햇빛을 받아서 온 지구의 구석구석에서 자라 나오는 구물구물한 식물들의 모습도.

아, 그래. 식물들이야말로 나를 신경도 안 쓰겠구나. 내가 잔디를 밟든 나물을 캐든 잡초라고 뽑아 던지든 물을 주든. 식물들은 반응이 없는 만큼이나 타격도 받지 않을 것 같다.

응, 또 자라날게. 저기로 씨 날려 보낼게. 그래서 지붕 위에서도 자랄게. 흙도 없어 보이는 곳에서 뿌리 내려볼게. 응, 접붙이기도 되고 꺾꽂이도 되거든. 응, 5백 년 살게. 진짜 많이 살면 5천 년도 살게.

그래… 너희들은 그렇게 하지. 여기까지 생각하고 가로수를 올려다봤다. 비록 인간이 옮겨와 심었고 인간의 필요에 의해 순식간에 베어져 버리기도 하지만 나무의 동족들은 전 세계에 퍼져 있을 수도 있다. 그에 비하면 나는 가장 작은 잡초 정도… 아니 잡초야말로 또 전 세계에 퍼져 있으려나. 갑자기 발밑의 이름 모를 아주 작은 풀이 대단해 보인다. 평범해 보였던 친구가 어마어마한 가문의 일족이라는 걸 깨달은 느낌이다.

마냥 봄

아직 겨울의 여운이 남아 있는 초봄, 병아리 같은 목련이 하얗고 통통하게 달리면 나는 약간 어이가 없다. 눈 쌓였던 꽃봉오리. 털이 나고 연한 가죽 같은 초록색 봉오리로 달려 있던 거 내가 봤는데, 벌써? 천연덕스럽게 폭신하게 부풀었어. 개나리는 또 어떤가? 거뭇하기만 하던 나뭇가지들. 아니 거기에 나무가 있기는 했나? 어쨌든 있는지도 몰랐던 곳에서 불을 켜듯 노랗게 펴지는 개나리.

슬슬 가만있기 힘든 듯 봄의 기운이 차오르다 보면 5월이 된다. 오늘 산책하다가 예상치 못한 시선에서 장미를 발견하고 헛웃음이 났다. 다리 밑, 울타리 너머 하루 중 해가 드는 시간이 있기나 할까 싶은 곳에 장미가 빨갛게도 피어 있었다. 아아… 이런 곳에까지 있었구나. 그늘 속에서도 잎과 보색을 이루는 쨍한 빨간색이 놀랍고 기가 막혔다.

밤늦게까지 도서관에 있던 20대 시절. 집중하지 못하고 괜히 도서관 정원을 이리저리 배회하는 날이 많았다. 이제부터 이야기하려고 하는 5월의 어느 날에도 이리저리 걷고 있었다. 있었는데. 곳곳에서 부둥켜안은 채 키스하는 커플을 다섯 번 이상 목격한 밤이 있었다. 아주 약간 시선을 벗어난다, 어둑하다 싶은 곳에는 모두. 어쩜 그럴 수가. 그날 밤에 뭐가 있었나.

구석구석에 핀 장미들을 보니 그날 밤 구석구석의 키스가 떠올랐다. 아, 봄. 징그럽고 사랑이 넘치는. 하여튼 봄은 봄이었나 보다.

평범에도
노력이 든다

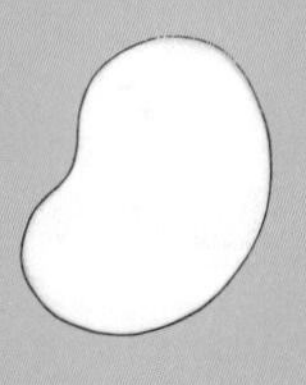

갑자기 민트초코

불운은 부끄러운가? 행운이야말로 조금 쑥스럽지 않을까? 자랑할 만한 일은 대부분 여러 겹의 행운 없이는 불가능하지 않나? 불운엔 담담하게 행운은 감사히. 늘 정신을 똑바로 차려야지, 그렇지 않으면 사람이 이상해지기는 너무 쉬운 것 같다. 어차피 모든 상태가 각자의 최선이겠지만.

기분 전환을 위해 민트초코 아이스크림 한 통을 샀다. 다 먹을 작정이다.

브리타의 시간

브리타에 수돗물을 부어놓고 물이 걸러지는 동안 다른 일을 하는 게 특별히 즐겁다. 세상에 저절로 이루어지는 일 하나 없는 와중에. 저절로 되는 일, 게다가 깨끗하고 좋게 되는 일이 있다는 게. 필터는 사야 되고 수도세도 내야 하지만. 그래도 그게 어디인가.

가만히 있어도 늘 작용해 주는 중력과 시간의 도움으로. 저절로 되는 일 하나 있다는 게 즐겁다.

마른미역이 물에 불어나는 시간. 과탄산소다에 담가둔 빨래의 찌든 때가 녹아나는 시간. 건조대의 빨래가 마르는 시간. 씻어놓은 쌀이 붇는 시간. 밥솥에서 밥이 지어지는 시간. 세탁기가 돌아가는 시간 등등. 어떤 일이 다 되기를 기다리는 시간은 많다.

다만 대부분은 그 뒤에 뭔가 일을 해야 한다.

그와 달리 걸러진 물은 마시기만 하면 된다. 그리고 물을 마시는 것은 여러모로 좋기만 한 일이다. 이런 일은 정말 드물다.

시월 소감

이런저런 자잘한 문제들로 6, 7월을 다 보냈다. 그랬으면 8월에는 그저 쉬기나 했으면 좋았을걸 더위를 핑계로 괜히 몸과 마음을 앓았다. 또 '아까운 내 삼십여 일' 하며 스스로의 한심함을 한탄하며 결국 9월도 비슷하게 보내버렸다.

그리고 오늘은 마침내 쌀쌀해서 긴소매 옷 두 장을 입는데 약간 눈물이 나려고 했다. 수십 번째인데도 매번 더위와 추위는 너무나 낯설다.

어서 지나가 버리길 바랐던 미운 여름을 사실은 누구보다도 잘 보내고 싶었다. 하지만 그러지 못했는데 가버린 거다, 여름이. 잘해주지 못하고 떠나보내니 미안하다. 가버린 날들이 아깝다. 물론 스스로에게 가장 미안하지만.

추위를 느끼고 나니 갑자기 껍데기라도 벗겨진 듯 쓸쓸하다.

부산 어묵

많은 사람이 그렇듯 20대 초반은 외롭고 두렵고 힘들었다. 정신없이 뭔가를 하면서도 무엇을 열심히 해야 할지, 왜 해야 하는지도 모르는 채 그냥 이리저리 달리다 여기저기 부딪히고 주저앉는 느낌이었다. 너무 지치고 다 싫어지면 비슷한 상태의 친구들과 모여서 한탄하곤 했다. 하루는 내가 아, 어디 부산 같은 데 어묵 공장에나 취직해서 일하고 싶다고 말했다. 그랬더니 한 친구가 말했다.

어묵 공장은 쉬워 보이냐?

그 친구는 부산 출신이었고 이모 두 분이 실제로 어묵 공장에서 일하고 계신다고 했다. 서서 하는 일이 많고 증기가 뜨거우며 손과 팔다리가 아픈 고된 일이다, 쉬운 일이 아니다, 남의 일을 그렇게 말해서는 안 된다고도 했다. 나는 당황했고 그리고 잘 몰라서 쉽게 말한 것 같다고 사과했다.

부산은 내가 살던 도시에서 가장 먼 곳으로, 어묵 공장도 내게 가장 생소한 곳으로 예를 들어 말한 것이지만 다 필요 없었다. 실제로 누군가 업으로 하고 있는 일임에는 틀림없으므로. 뭔들 쉽겠는가, 남을 위해 일하고 남의 돈을 버는 것이. 나는 왜 감히 그렇게 말했을까? 내가 누군가보다 '더' 힘들다고 생각했을까?

애초에 실현할 의지조차 없는 허망한 말이었으므로 심각하게 혼날 일은 아닐지도 모르지만 그래서 더 혼나야 할 것 같기도 했다. '대통령이나 하고 싶다'거나 '올림픽에서 금메달이나 따고 싶다'라고 말하지는 않았기 때문이다. 어묵 공장을 쉽게 생각했던 게 맞는 것 같다. 곱씹어 볼수록 인정하게 되었다. 가까운 도시에 많이 있었던 '플라스틱 가공 공장에 가고 싶다'는 말은 실현 가능성이 조금이라도 더 높아서 하지 않았던 것 같기도 하다.

어묵 공장에서는 어묵을 한 번에 몇 톤이나 생산하겠지. 냄새도 더 이상 맛있지 않고 뜨겁고 찌는 듯할 것이다. 나는 고작 어묵 꼬치 두어 개 또는 분식집에서 본 수십 개 정도를 생각했던 것 같다.

밥을 차려주는 사정

닭죽을 한 솥 끓여 열흘을 먹었다. 아침에 냄비에 덜어 물을 조금 붓고 데워서 약간 식으면 훌훌 마신다. 편하다.

나는 아침을 차려주는 사람이 없다. 불만 없이 힘들다는 기색 없이 밥을 차려서 거의 그게 자신에게 좋은 일인 양 먹게 해주는 사람은 엄마밖에 없었다. 다른 사람들에게는 다 무언가의 대가를 치러야 한다. 최소한 미안함과 고마움이라도 느끼거나 전달해야 한다. 엄마는? 엄마는? 엄마는 왜 힘들다고 말도 하지 않았을까?

내 밥 차려 먹기도 귀찮아서 굶거나 부엌에서 서서 먹을 때도 있다. 이러지 말아야지 하면서도. 사 먹을 때도 많다. 밥을 차리기가 싫다. 메뉴를 고민하고 장을 보고 다듬고 요리하고 하다 보면 먹기도 싫어지고 설거지는 정말 더 하기 싫다. 그에 비하면 사 먹는 것은 얼마나 편해.

하지만 뭐니 뭐니 해도 누가 대신 집에서 밥을 해준다면 얼마나 편하고 좋아. 사실 엄마를 착취하는 거라고 생각하면서도 엄마네 집에 가면 앉아서 세 끼를 받아먹는다. 엄마가 나한테 앉아 있으라고, 차려주고 싶다고 말하기도 하지만, 다른 모든 일을 내 마음대로 해왔으면서 엄마 말을 언제 그렇게 잘 들었다고 엄마가 앉아 있으라고 해서 앉아 있는 건 말도 안 된다. 편하니까 가만히 있는 거다. 엄마도 오랜만에 나 봤으니까 밥 차려주고 싶을 거야, 하고 속으로 스스로도 민망해하면서 변명해 본다.

사실은 그냥 같이 중화요리나 시켜 먹으면 제일 편하고 좋겠다. 하지만 그건 엄마에게는 편하지 않은 모양이다. 오랜만에 우리 딸이 오는데 반드시 된장국을 먹여야 한다는 것이다.

가끔 엄마가 처음 들어보는 요리, 약간 새로우면서도 내가 할 수 있을 법한 요리의 레시피를 가지고 장을 봐서 엄마네 집에 간다. 그래야만, 엄마가 할 줄 모르는 요리여야만 엄마도 마음 편하게 앉아서 구경한다. 우리 딸이 해주는 신기한 요리를 흐뭇하게 기대하면서 개구쟁이 같은 표정도 짓는다. 이번에 엄마네 집에 가면 당면을 듬뿍 넣은 찜닭을 해야지. 엄마는 찜닭을 의외로 굉장히 새로워했다.

무료 나눔

더 이상 쓰지 않는 물건을 정리하기로 했다. 수납용 박스나 탁상용 스탠드 등등. 중고 시세를 검색해 보니 가격을 책정하기 민망할 정도로 쌌다. 그래서 무료 나눔 글을 올렸다. 이 분도 안 된 사이에 벌써 조회 수가 서른여섯이나 됐다. 삼 분도 되지 않아 쪽지가 세 개나 오고 문자도 왔다. 곧 가지러 오겠다고.

그중 한 사람과 약속을 잡았다. 짐을 정리하며 기다리는데 어머니, 딸, 아들로 보이는 세 사람이 도착했다. "여러 분이 오셨네요" 했더니 어머니가 "저는 원래 여기 사람은 아닌데~ 이번에 얘가 여기로 학교를~" 하고 정확히 딸인지 아들인지 모르게 둘 쪽을 손으로 가리키며 부끄러운 듯 홍분된 얼굴로 말을 이어갔다. 대학 생활을 위해 새로 살림을 꾸리는 모양이었다. 희망에 찬 들뜬 얼굴들이었다.

적성에 맞으며 사는 데 도움도 되는 과에서 공부 잘하시길… 연애도 잘하시고. 친구도 잘 사귀시고. '어른스러운' 걱정과 어두운 마음이 앞서는 자신에게 약간 질리고 놀랐다.

"너무 좋으시겠다. 잘 쓰시고 대학 생활 잘하세요~."

최대한 맑고 밝게 웃으며 인사했다.

비매너 대처법

온라인에서 2만 4천 원 정도 하는 디퓨저를 당근마켓에서 만 5천 원에 팔고 있는 것을 발견했다. 새 상품. 판매자는 교환, 환불 불가하며 비매너인 분들이 많아 당일 거래만 한다, 등등 꽤 깐깐하게 판매 조건을 써놓고 있었다. 연락해서 사기로 하고 약속을 잡았다.

지금까지의 당근 거래가 다 기분이 좋았다. 그래서 반갑게 인사하고 돈을 건넨 다음 물건을 받았는데 내가 비닐봉지에서 물건을 꺼내 보는 사이 판매자가 집으로 들어가 버렸다. 약간 황당해하며 물건을 살펴보니 상품 설명에 없던 오염과 구겨짐이 있었다. 게다가 봉인 스티커도 없이 얼마든지 개봉해 볼 수 있는 상태였기 때문에 과연 새 상품은 맞는지 의심도 들었다.

판매자의 집 앞에 서서 잠깐 고민했다. 다시 내려와 보시라고 할까. 교환, 환불 불가하다고 하려나. 물건을 자세히 살펴

보니 오염과 구겨짐 외에는 문제없이 사용 가능해 보였지만 불쾌하고 속은 느낌이었다.

고민하다가 애써 발길을 돌렸다. 그러다가 멈춰 서서 비매너 평가를 했다. 그래도 마음이 풀리지 않았다. 물건을 확인도 안 하고 돈을 건넨 게 잘못이다 싶었다.

집에 와서도 한참 기분이 별로였다. 일단 제품을 사용해 봤는데 큰 탈은 없는 것 같았다. 쓸 때마다 기분 나빠하며 내 피해를 계속 늘려가지는 말아야지. 이왕 이렇게 된 거 잘 써야겠지.

'믿지 말아야지' 따위의 결심을 하게 되는 것 자체가 행복하지 않다. 이렇게 도사리다가도 상대의 활짝 핀 선의를 대하면 또 스스로를 혼내고 '사람을 좀 믿어야지 내가 너무 날카롭게 굴었구나' 하고 몇 날 며칠을 반성한다. 그냥 너무 허술하지도 너무 민감하지도 않게, 물건을 받고 확인할 걸 확인하고 나서 돈을 준다는 원칙만 쿨하게 따를 순 없을까.

언젠가는 되겠지. 예전 같으면 이런 사소한 부딪힘에도 며칠을 끙끙대고 결국 글로 쓰고 그러고도 한참 이따가 벗어났을 텐데 오늘은 몇 시간만 끙끙대고 바로 글을 써버렸고 그리고 최대 몇십 분만 자책하다가 적어도 오늘 밤 내로 이 감정을 해소할 것이다. 그럴 예정이다.

내 사랑 만 원짜리

당근마켓에서 십 년간 애호하던 쓸모없는 물건 하나를 팔았다. 쓸모없다 해도 나한테 쓸모없었던 거지, 사실은 기능이 분명한 물건이었다. 실내용 4단 접이식 사다리로, 큰 그림(말 그대로 크기가 큰 그림. 가로 259센티미터에 세로 193센티미터로 200호 정도)을 그리려고 샀다. 그리고 한 번도 큰 그림을 그리지 못하고 십 년 가까이 곁에 두기만 했다. 가끔 펴서 꼭대기 네 번째 단에 올라가 앉아 있으면 기분이 좋았다. 언젠가부터는 그나마 펴보는 일도 적어져 그냥 한곳에 세워뒀을 뿐인데도 마음이 든든하고 볼 때마다 흡족했다.

하지만 너무 오랫동안 쓰지 않았고, 자리는 꽤 차지하고 해서 결국 팔기로 했다. 사진을 찍고 시세를 검색해 가격을 정했다. 글을 올린 지 삼십 분 정도 후에 어떤 사람이 사겠다고 연락이 왔다. 곧 출발할 수 있다고. 오시라고 하고 나니 약간 후회 비슷한 마음이 들었다. 정말 파는 건가. 나 아직 얘 좋아하는데.

어느새 구매자가 와서 만 원을 주고 가져갔다. 4만 원에 사서 십 년 즐기고 만 원 받았으니 개이득에 자원 선순환인가.

"잘 쓸게요" 말씀과 함께 반 접어 건네주신 만 원 한 장. 가볍고 허전하다. 그 물건을 좋아했던 마음이 이것보다는 훨씬 큰 것 같다, 지금이라도 거래 취소할까. "저 여기에 얼룩이 좀 있는데" 하며 그를 돌려세우려 했지만 돌아오는 대답은 밖에서 쓸 거라서 튼튼하기만 하면 된다는 것이었다. 우리 사다리를 밖에서… 밖에 두신다구요…. ('우리 사다리'면 왜 만 원에 팔았니….) 부는 바람에 날아갈 듯한 만 원짜리 한 장을 손에 쥐고 멀어져 가는 뒷모습을 바라봤다.

갖고 있는다고 능사는 아니다, 앞으로 최소 세 번의 이사가 정해져 있고, 쓰지 않는 물건은 필요한 사람에게 보내는 것이 나에게도 새 주인에게도 좋은 일이다, 라고 생각은 하지만 정말 예상 밖의 큰 타격을 입었다. 모든 만 원이 새삼스럽다. 해물칼국수 8천 원, 떡볶이 만 3천 원? 밥 한 그릇이 사다리에 대한 내 마음보다 더 크다고?

아니 사다리에 대한 내 마음은 마음이고 사다리 그 자체가 아니지. 사다리가 내 집에서 떠났다고 사다리를 사랑하고 그를 든든히 여기던 내 마음이 사라지는 건 아니다. 그러니까 사다리는 떠났어도 (사실은 내가 돈이랑 바꿔 보냈지만) 그 마음은 내가 가지고 있을 수 있다.

그러니까 물건은 물건이고 마음이 아니에요. 하지만 마음을 돈으로 환산할 일은 자주 생긴다. 오 세상에, 만 5천 원이었으면 마음이 덜 허했을까?

남은 것은 팔기 위해 찍은 사다리 사진뿐이다.

피아노 오뚝이

어릴 때 병아리처럼 생긴 오뚝이 장난감을 갖고 있었다. 노란색과 주황색에, 둥근 원뿔형 코와 앙증맞은 날개가 달린 오뚝이로 움직일 때마다 띠로롱~ 띠리링~ 소리가 났다. 어느새인가 없어져 버린 그 장난감을 늘 다시 가지고 싶었다.

항상 '병아리 오뚝이'로 검색했고, 이 이름이 아닐 거라고는 의심조차 하지 않았다. 전체적으로 달걀을 연상시키는 형태에 노란색이니 병아리 오뚝이지, 당연히 직관적으로? 그러다 며칠 전 정말 우연히 이름을 제대로 알게 되었는데, 정확한 상품명은 무려 '피아노 오뚝이'였다. 네? 왜요…?

이유는 오뚝이 안에 연주용 피아노선을 넣었기 때문이라고 한다. '병아리 오뚝이'로 십 년 넘게 검색하고 동묘 중고 시장도 세 번이나 갔었는데 사십 년간 인기 제품으로 버젓이 온라인 여러 곳에서 팔고 있었다. 나온 지 사십 년이 넘은 제품이라니. 이름 붙일 당시에는 물건을 직접 보고 듣고 샀겠지. 띠로롱~ 띠리링~ 이게 안에다 피아노선을 넣어서요. 울림이 좋고, 시간이 지날수록 소리가 깊어지고요. 그러니 '과연 피아노 오뚝이구나', 하고 감탄하고 골랐을 수도 있지만.

즉시 주문해서 배송받았다. 눈동자 스티커를 직접 붙여야 해서 처음에는 빈 눈동자가 낯설고 휑하고 약간 무서웠다. 하지만 신중히 눈동자를 붙이는 맛도 있었다. 나만의 오뚝이가 되는 듯한 과정을 거쳐 눈이 생기고 나니 (비록 방금 내가 눈을 달아준 오뚝이지만) 마치 옛 친구를 다시 만난 듯, 수십 년 전의 내가 된 듯, 귀엽고 순진하던 어린 시절의 친구에게 어른이 된 내 모습을 보여주며 나를 어떻게 볼까, 나는 어떻게 변했을까, 반응을 기다리는 것처럼 떨리는 마음이 되었다. 상대는 비록 공장에서 찍어낸 다른 오뚝이일지라도 기억 속 오뚝이의 모습 그대로였기 때문에 공산품에 존경심과 신앙심 같은 것이 생기려고 했다. 이토록 똑같은 것은 정말 '찍어내'야만 가능한 게 아닐까? 마치 닳지도 변치도 않는 것처럼 보이는 것.

마음의 준비를 하고 살짝 흔들어보았다. 어린 시절 기억 그대로의 영롱 청아한 소리가 난다. 그래도 도저히 피아노 오뚝이는 아니지.

이사 전날 밤

내일 이사한다. 전세 이 년을 계약해 딱 이 년 되는 날 나간다. 더 살고 싶었지만 어쩔 수 없었다. 정남향에 네모반듯해 환기가 잘 되고 둘이 살기에 넓은 집이었다. 이사 가기로 정해진 순간 모든 것이 과거형이 되었다. 이사를 앞두면 나는 늘 기분이 이상해진다. 아직 살고 있는데도 이미 떠난 곳처럼 느껴진다. 이 집은 내가 이사 가고 나면 모든 것을 리모델링한다고 한다. 부엌도 욕실도 다 뜯어내고 새로 설치한다고. 장판도 벽도 문틀도 다. 내가 마지막으로 사용하는 거라고 생각하니 마치 이미 수명을 다한 사물들을 보는 느낌이다. 이 년 동안 내 집이었는데. 안녕.

내일 아침 8시면 이삿짐을 싸러 사람들이 온다. 음식이 바닥에 떨어져도 주워 먹던 곳인데 신발을 신고 들어올 것이다.

내가 이사 갈 곳에 살고 있는 사람들도 내일 아침에 짐을 뺀다고 한다. 그들의 생활의 흔적이 남아 있는 채로 내 짐을 넣고, 정신없는 시간과 절차(도시가스 등 공과금 정산, 전세금 돌려받기, 전세 잔금 입금, 이사 비용과 중개수수료 입금, 전입신고, 확정일자 받기, 가스와 인터넷 연결…)를 지나 어떻게든 저녁에는 그 집에서 잠들 것이다.

이렇게 하루아침에 집이 달라지기를 거의 이 년마다 하고 있다. 이래서야 아무래도 생활이 불안정하다. 남향에 환기가 잘 되는 집에 최소 십오 년 정도는 살고 싶다. 아니 평생 살아도 좋을 것이다. 어떤 집이든 완벽하게 좋기는 어려울 것이고, 오래 지내다 보면 단점마저 정과 추억으로 보완되지 않을까. 그렇게 해본 적이 없어 지금으로서는 상상이 잘 되지 않지만 적어도 타의로 떠나지는 않는다는 안정감이 있을 것 같다.

사실상 내일은 이 집에 '산다'고 말하기는 어렵다. 그러니 오늘이 이 집에서 사는 마지막 날이다. 그리고 이 집 안의 부엌도 욕실도 벽도 전부 다 오늘이 마지막 날이다. 신발을 신지 않은 발이 벌써 좀 어색하다. 영 사라질 대상과 이별하는 기분으로 집 안을 오래 둘러봤다.

인동초 뾰루지

무엇을 잘못 먹었는지 순식간에 눈 밑부터 쇄골까지 두드러기가 났다. 가끔 그러기 때문에 자고 나면 괜찮겠지, 하고 잤다. 하지만 다음 날 아침에는 오돌토돌 더 빨갛고 심하게 부어 있었다. 병원에 가기 싫어 제발 괜찮아지길 바라며 버티니 사흘째부터는 가만히 있어도 피부가 따갑고 아팠다. 잠을 잘 수 없을 지경이었다. 그 상태로 이틀을 더 버티다가 피부과에 갔다.

전에 간 적이 있는 병원이었는데, '질환 치료' 중심에서 '미용 시술' 중심으로 바꾼 모양으로 내부 대부분이 '레이저실'이 되어 있었다. 원장은 레이저 시술 중이었고 나는 꽤 오래 기다려야 했다. 이름이 불려 들어가니 원장은 거의 숨을 가빠 하며 의자에 앉지도 않고 내 얼굴을 힐끗 보고서 처방을 하려고 했다. 나는 다급히 늘어놓았다. "며칠 전에 술이랑 고기를 먹었고, 다음 날 갑자기 이렇게 됐고, 두드러기도 났었고, 아프고, 당기고, 따갑고요.” 원장은 의자에 앉아 컴퓨터에 뭔가를 입력하더니 먹는 약과 바르는 약 사흘 치를 주겠다고 했다. 왜 이러는 거냐, 무슨 증상이냐 물으니 손가락 등으로 살짝 내 볼 부분을 건드려보고는 자극돼서 그렇다고 했다.

무엇에 자극이 되었는지 알고 싶었는데…. 불만스럽고 미심쩍어하며 약국에서 약을 지어 와서 처방대로 먹고 발랐다. 그랬는데 과연 사흘이 지나자 아프던 부분들이 매끄러워지더니 피부가 전보다 오히려 조금 더 좋아졌다. 박피의 효과라도 있었던 건가? 의사는 그렇게 슬쩍 보고도 증상을 치료할 수 있단 말인가? 의사의 실력이 좋은 것인지 약이 만병통치인지 또는 아주 독한 것인지 알 수 없는 일들을 놓고 많이 궁금해했다.

이렇게 뺨이 매끄러워지는 와중에도 그전부터 나 있던 뾰루지 몇 개는 두드러기와 자극과 약을 다 겪고도 꿋꿋이 남아 있었다. 마치 겨울의 추위를 견디며 눈 밑에서 살아 있다가 어느 날 고고한 모습을 드러내는 인동초와 같이…. 거기 아예 자리 잡은 거니? 약간의 정마저 느꼈다.

어떻게 해야 할까요

허리가 많이 아프기 시작하더니 걷기 힘들 정도가 되어 정형외과에 갔다. 약한 측만증이 있고 근육이 당겨서 그런 것 같다며 의사는 도수 치료를 권했다.

치료실에 들어가기 전에 반팔 반바지 치료복으로 갈아입었다. 다리에 흉터가 있어 반바지는 안 입는데. 이번 여름에도 긴바지만 입었다고 말해볼까, 하는 생각은 들지 않았다. 병원은 생사가 오가기도 하는 곳으로, 흉터가 부끄럽다는 등의 사정은 내려놓는 게 좋다고 생각했기 때문이다. 집을 나설 때 상처받기 쉬운 영혼의 일부는 이불 속에 고이 모셔두고 싶듯이.

치료에는 굉음과 함께 숨 막히게 등짝이 눌리는 과정이 있었다. 게다가 치료복에는 여기저기 지퍼가 있어서 치료사가 필요에 따라 열고 닫았다. 처음에는 깜짝 놀랐지만 곧 순순히 몸을 맡겼다. 왼쪽은 수축되고 오른쪽은 늘어나고 온몸이 뒤틀려 있지만 심각하지는 않고, 대신 딱히 똑떨어지는 치료법도 없다는 것. 나는 한숨과 함께 "그럼 어떻게 해야 할까요" 물었다. 자세를 바르게, 식사는 규칙적으로, 몸을 따뜻이, 스트레칭을 습관화하는 등 짧은 기간에 효과를 보기 어려운, 평생을 해야 할 노력만이 남아 있었다.

아프긴 해도 이렇다 할 병명을 진단받은 적이 없었기 때문에 나조차 꾀병으로 의심해온 터였다. 그래도 내 통증을 인정해주고 심각하게 여겨주니 귀인이라도 만난 듯 감격스럽고 고마웠다. (어쩌면 그냥 상술이었을지도 모르지만.)

다리와 엉덩이가 연결되는 쪽의 근육을 보통 세기로 누르는 것 같은데 나도 모르게 비명이 나왔다. 하하아… 악! 으어… 악 학, 헉흐… 크크 으억…. (이것은 너무 아파 크게 질러지지도 못한 비명이 맥 빠진 웃음과 섞이는 소리다.) 겨드랑이와 팔 바깥쪽도 죽는 듯이 아팠다. 어쩜 아픈 곳을 그렇게 잘 찾아내시는지. 나는 하아, 하, 맥없는 소리를 뱉었다. 소리 지를 힘조차 달렸다. 몸 여기저기를 눌리면서 고기를 해체할 때 이런 곳을 자르는 게 아닐까 하는 생각을 했다. 급소란 게 바로 이런 건가.

전기 마사지 등을 포함한 도수 치료는 두 시간 만에 끝났다. 매일 해야 할 다리 스트레칭 방법 네 가지를 배웠다. 발에 힘이 너무 없어서 '발가락으로 수건 집어 올리기'와 '까치발 하기'가 숙제였다. 숙제가 거의 유치원생 수준으로 그게 내 발 근육의 레벨이구나 생각했다. 그리고 발에다 스포츠 테이핑을 해주었는데, 당장 걷기가 편해져 감탄했다. 근육의 원리라니. 누군가는 이런 치료법을 연구 개발하는 데 매진하고 있다니. 신기하고 대단하다.

집에 오는 길에 동네 필라테스 학원에 들렀다. '헐렁한 옷은 입으면 '안 된다'고 쓰여 있었다. 자세를 보기 위해서겠지. 그래도. 건강하고 활기찬 사람들만 있는 듯한 밝은 분위기에 맞출 기력이 도저히 없어 들어가지 못하고 팸플릿만 하나 집어 왔다.

마트에도 들렀다. 몽쉘 앞에서 엄청 고민하다가 두부만 사서 집에 왔다. 두부라니. 이게 사는 거냐! 싶었지만 일단 일상생활이라도 문제없이 해나가려면 많은 노력을 해야 한다.

애써 홀로

아무리 슬퍼도 아무렇지 않은 척 하루를 보내야 할 때가 있다. 웃어야 할 때도 있다. 가족이 거실에서 일일 드라마를 보고 있는 동안 살짝 닫힌 방문 뒤에서 한숨을 쉬며 어두운 얼굴을 드러낼 수 있다. 잠든 가족 옆에서 조용히 울 수도 있다.

누구나 자기 자신의 짐으로 이미 무겁다는 걸 안다. 게다가 나를 아끼는 사람이 같이 들어주려 해도 내 짐이 가벼워지지 않을 때도 있다. 때로는 나 홀로 감당하는 편이 낫다는 걸 여러 번의 시행착오 끝에 알게 되었다.

오롯이 혼자여야만 서로를 위할 수 있는 그런 순간이 있다. 마음은 울고불고하면서도 겉으로는 아무 일 없는 듯이 지내는. 사랑하는 이가 이런 시간을 혼자 보냈음을 뒤늦게 알게 되면 쓸쓸하고 원망스럽기까지 하겠지. 하지만 애써 홀로 견디는 일도 사랑이었음을 홀로 견디는 어느 날에 깨닫는다.

살아 있으니 돌려주세요

월 10만 원 정도를 아무 생각 없이 보험금으로 내고 있다는 걸 알게 됐다. 보험증권을 찾아보니 죽거나 주요 장기가 80퍼센트 이상 손상되는 장해가 생겼을 때 돈을 받는 보험이었다. 이름은 생명보험이지만 사실상 사망보험이다. 이렇게 생명과 사망이 같은 자리에 쓰이는 경우는 생각보다 많다. 이런 걸 스물한 살부터 지난 십수 년간 매달 돈을 내고 있었던 것이다.

여기저기 알아봤는데 살아 있는 동안 도움이 되지 않으니, 지금이라도 손해를 감수하고 해지하는 편이 낫다고 했다. 아마 담당 컨설턴트는 다르게 말하겠지만. 보험 가입 십몇 년 만에 보장 내역을 살펴보고서는 한 시간 정도 자괴감과 충격에 빠져 있었다.

지금 해지해도 과연 원금 손실이 컸다. 조금 더 알아보고 고민한 끝에 특약 몇 가지만 해지하기로 했다. 특약만 해도 십수 년을 넣었다 보니 누적 270만 원이 넘었다. 보험사에 전화해 해지하겠다고 하자 환급금 130만 원 정도가 바로 입금되었다. 참 간단하기도 하지. 그냥 "이제 그 특약은 해지되었고 효력이 없다"는 상담사의 말뿐이었다.

보험을 청약하고 그에 대해 심사할 때는 확인할 사항도 많고 여기저기 사인도 많이 한다. 보험증권은 또 몇 장에 얼마나 빼곡한 글씨로 상세한 사항이 적혀 있는지. 그 깨알 같은 항목들 하나하나가 나중에 보상받을 때는 제한이 될 수 있다. 그런데 해지할 때는 납입 원금과 환급금에 대한 내역서 한 장 없다니. 설마 이럴 리가 하며 다시 전화해서 문의하니 "원래 그렇다"는 대답뿐이다. 원래 그런 게 어디 있나 싶었지만 상담사에게 결정권이 있는 것도 아닐 터라 더 이상 말하지 않고 전화를 끊었다.

보험 자체가 불안 장사다. 무슨 일이 났다가는 경제적으로 타격을 받을 것 같아 보험에 가입한다. 오늘 해약한 특약들도 그 '특약 사항'에 해당하는 어떤 일을 당했더라면 눈물을 흘리며 감지덕지로 보상금을 받았을 수도 있었겠지. 그래도 그런 일이 일어나지 않은 데 감사해야 하겠지? 어쩔 수 없다고 생각은 한다. 보험사도 수익을 내야 하고 내가 동의한 사항이니. 명세서 같은 것을 받는다고 해서 무슨 이득이 생기는 것도 아니다. 그저 홀대를 당하고 나서 딱히 어떤 수도 없어 망연히 서 있는 듯한 기분이 들었다. 애초에 왜 가입했나….

결국 생각이 났다. 10대 내내 우울증과 불안장애가 심했고 스물한 살이었을 때는 외국으로 일 년 살러 가는 시기였다. 아마 내가 죽을 수도 있다고 생각해서 이런 보험인 줄 알면서 들었던 것 같다. 그 돈은 엄마가 받겠지… 하면서.

이제는 곧 죽을 것 같지가 않다. 어느새 예순, 칠순, 팔순까지도 살 거라고 생각하고 있다. 잘 가입한 보험은 아닌 것 같지만, 그래도 그때에 비해 내 마음이 꽤 나아졌다는 점을 깨닫고 나니 약간 위안이 되었다.

헛똑똑이의 꿈

친구와 재밌게 놀고 뭔가 마음이 풀리면서 오랫동안 마음에 품고 있던 일 하나가 스르르 해소됐다. 그래서 집에 돌아와 엄청나게 어두운 감정에 대한 길고 집요한 글을 줄줄 적어 SNS에 올렸다. 친구가 뭐냐고 연락이 왔다. 설명해야 했다. 그게 아니고 오늘 너랑 놀았지만 오늘 쓴 글은 '오늘'도 '너'에 대한 것도 아니고….

매일매일 무슨 일이 일어나는 것은 아니다. 어느 하루는 인상적인 일이 있고 몇 주는 별일 없이 평온할 수 있다. 그럼 나는 그 몇 주 동안 그 하루를 계속 산다. 사실은 그 전, 그 전전, 오래전, 몇 년 전에 일어난 일도 계속 살고 있다.

마음에 남지 않고 가볍고 산뜻하고 즐거운 일들은 깊이 생각할 것도 없다. 그렇게 되는 조건은 비슷하기 때문이다. 주머니 넉넉, 마음 편안, 컨디션 양호, 날씨 보통 등등. 이렇게 모든 게 맞아떨어지기는 쉽지 않다. 그래서 마음에 남을 건수 자체가 적은 것일까? 아 됐어, 그만 생각하자.

하여튼 그래서 결국 크고 작은 망한 일들로 마음이 늘 가득 차 있다. 그러니 실시간 상황에 반응하지 못하고 버벅댄다. 앞에서 이해 못 한 한 마디에 붙들려 머리가 정지된다. 열 장짜리 계약서를 볼 때도 한 시간짜리 강연도 마찬가지. 마음에 걸리는 생각에 빠져 뒤의 내용은 술술 귀를 통과해 버린다. 나중에 종이로 싹 정리해 앞뒤로 오가며 살펴보고 싶지만 대부분의 일은 내 사정 따위 봐주지 않는다.

남들은 사전 조사를 싹 하거나 그 자리에서 다 알아듣고 파악해서 "잠시만요, 앞의 이 부분이랑 다른데요?" 하면서 즉시 잘 따져가며 모든 일을 처리하나? 친구에게 하소연하니 그렇지도 않다, 대강 이해하는 게 대부분이다, 너만 특별히 바보인 것은 아니다, 다만 대강 하는 주제에 나중에 와서 따져보는 게 특이하고 괴로운 점이다, 라는 의견을 들었다.

아니 그게 아니고… 대부분의 일은 지나 봐야 의미를 알 수 있지 않냐고 작은 목소리로 항변해 봤지만 그래서 결국 뭐 대단한 걸 아냐고 물어오면 할 말이 없다. "그래, 괜히 곱씹고 막연히 걱정하고 있어. 자주 그러고 있지…." 이런 진솔한 고백에도 공격은 멈추지 않는다. 걸러진 것만 취하고 싶다 이거지. 짠돌이, 인색, 구두쇠, 얌체. 지금 일어나고 있는 일들에 대해 스스로 좋고 나쁨을 판단하지 않고 시간이 지나 정리된 좋은 것만 보려는 게으름, 욕심. 그게 완벽주의라면 치명적인 함정이다, 모

아니면 도, 100 아니면 0, 위플래시 아니면 개점 휴업인데, 대체로 후자로 남아 있다, 그러다가 아무런 대책 없이 십 년 넘게 마음만 준비하며 괴로워하다가 갑자기 운명론, 초탈한 척 될 대로 돼라, 하면서 급발진, 와장창 폭망으로 직행, 주변인 당황, 걔 뭐야? 갑자기 왜 그랬대?

그만….

치킨집 주인의 사정

치킨을 주문했다. 프라이드 반, 간장 반. 포장.

치킨집 문을 열고 "프라이드 반 간장 반이요" 하니 포장되어 있던 봉투를 내어주다 잠깐 멈칫한다. 프라이드 반, 양념 반으로 잘못 만들었단다. 양념 치킨이 든 상자를 꺼내 따로 놓더니 금방 튀겨서 간장 소스를 묻혀주겠다고 일 분만 기다리시란다.

가게 안에 기름 냄새가 대단했고 더웠지만 기다렸다. 새로 튀긴 치킨에 간장 양념을 묻히고는 뭔가 확인하더니 양념 치킨 상자도 내 봉투에 같이 넣어주셨다.

이거 그냥 서비스로 드릴게요.
네? 아 아니 안 그러셔도 되는데.
어차피 이거 금방 안 나가면 못 먹거든요. 드세요.
아 네 아… 아….

나는 당황했다. 내 잘못은 아니었지만 왠지 조금 미안했다. 본인이 먹으면 되지 않나 싶었지만 매일 튀기는 입장에서 딱히 그러고 싶지도 않겠지. "어머 웬일이야~ 감사합니다!" 할 걸 그랬나. 주인 입장에서는 5천 원 정도의 손해인데. 받고도 떨떠름해하는 것보다는 나았을까. '내 거 잘못 만들더니 따로 빼놨다가 다른 사람한테 보내는 것 같았음' 같은 후기를 올리는 사람이 있을지도 모르니까. 주인에게는 내가 모르는 더 많은 맥락이 있겠지.

한 번에 1.5마리, 세 가지 맛을 먹은 건 처음이다. 풍족한 느낌이었다. 그래도 좋아해야 할지 미안해해야 할지 아니면 어째야 할지는 도무지 알 수 없었다.

모든 것은 사소하다?

글자 그대로 실밥만 한 일로 누군가와 다투고 괴로워 뒤척였다. 끙끙 앓다가 이 일을 더 작은 것으로, 먼지만 한 일로 느끼고 싶어서 뭔가 큰 것을 생각했다. 태양… 같은 것. 빛의 속도로 몇 년쯤 가려나 하고 검색해 보니 웬걸 태양까지 빛의 속도로 8분 20초? 지구 정도는 빛의 속도로 1초에 일곱 바퀴 반이나 돌 수 있다고? 왜케 쪼끄매….

물론 태양까지의 거리는 1억 5천만 킬로미터로, 엄청 멀다. 서울에서 부산까지가 390킬로미터다. 그런데 1억 5천만 킬로미터… 그런데 그게 8분 20초… 1광년도 안 된다고? 맨날 뭐만 하면 몇백만 광년 떨어진 우주라더니 왜 그래. 너무 작잖아 태양계.

하지만 물론 나는 88.45제곱미터의 공간을 가지고 내용증명을 보내니 마니 하는 신세다.

지구과학 선생님의 좌우명이 '모든 것은 사소하다'였다. 그런데 사소해 봤자지. 내가 사소한걸. 다람쥐한테 물어봐라. 겨우 도토리 갖고 유난 떨지 말라고, 그거 좀 못 먹는다고 어떻게 되냐고.

다람쥐: 네….

피아노처럼 확실하게

어릴 때 피아노 학원에 다녔다. 재미없고 싫어서 《체르니 100》을 겨우 마치고 《체르니 30》의 1번인가를 치다가 그만두었다. 하농은 또 어찌나 지겹던지 무거운 물건을 드는 것처럼 지루하기만 했다.

작년 어느 날 머리가 약간 끓는 듯한 느낌이 들었다. 머리에 열이 오르는 것 같았고 급기야 '푸슈슉' 소리도 들린 것 같았다. 산책을 해도 머리가 더 쌩쌩 돌아갈 뿐이라서 이건 안 되겠다 싶어 자리에서 일어나 전에 봐뒀던 동네 피아노 학원에 갔다.

결과적으로 어찌나 행복한지. 살면서 잘한 일 10위 안에 든다. 피아노는 관대하다. 바이올린이나 플루트 같은 악기는 제대로 켜거나 불지 않으면 소리조차 나지 않는다. '끼기긱' 하거나 바람 새는 소리는 난다. 물론 훈련받은 연주자에 의해 제대로 공명할 때면 몸이 떨릴 정도로 분명하고 아름다운 소리가 난다. 하지만 거기에 매료되어 악기를 잡은 초심자가 처음으로 만들어내는 소음은 얼마나 김빠지는지.

그와 달리 피아노는 어떠한가요? 소리가 난다. 아주 뚜렷하고 큰 소리가 난다. 그것도 엄청난 울림과 함께. 조성진과 같은 섬세한 셈여림 조절은 못 하지만 그래도 누르기만 하면 아름다운 소리가 난다.

선생님은 테스트 겸 〈바둑이 방울〉을 쳐보라고 하셨다. 오른손은 도미미미미, 왼손은 도솔미솔인 단순한 곡이었지만 오랜만에 건반을 만지고 소리를 듣고 울림을 느끼니 여러 방향으로 아주 자극적이었다. 이십여 년 만에 삐걱삐걱 움직인 '연주'를 듣고서 내 수준과 성격까지 파악해 버리셨는지 선생님은 내가 좀 더 빠르고 자신 있게 쳐야 하고 《바이엘》 45번 정도부터 시작하면 되겠다고 하셨다. 내가 "하농도 치고 싶은데요" 하자 옆에 있던 어린이 수강생이 "나는 하농 진짜 싫은데!" 하고 소리 질렀다. 나는 하농이 좋을 것 같았다. 어릴 때와 달리 그렇게 좋을 수가 없다. 그 일관된 규칙성이 생각만 해도 든든하고 마음이 안정된다.

왼손과 오른손을 동시에, 다르게 움직이는 것은 정말 어려운 일이었다. 진짜로 땀을 흘리면서 집중해야 겨우 칠 수 있었다. 나보다 아주 잘 치는 어린이 수강생들을 보면서 '이게 어린이로서 할 수 있는 일인가?' 신기해했다. 어찌나 어려운지 피아노를 칠 때는 아무 생각이 들지 않았다. 그럴 정도로 집중해야만 칠 수 있었고 조금만 잘 치게 되어도 선생님은 조금 더 어려운 다음 곡으로 넘어가도록 했다. 지루해질 틈이 없이 계속 긴장과 난이도가 유지되는 점이 정말 좋았다.

밤에도 치고 싶어서 디지털 피아노를 샀다. 배송되어 온 디지털 피아노를 설치하고 나서 기대에 차서 눌러보았을 때 나는 피아노가 더 좋아졌다. 도레미도 모르는 사람이 눌러도 도는 도, 미는 미. 분명한 소리와 큰 울림을 주는 피아노의 은혜에 다시 한 번 감격했다. 때로는 하루에 여섯 시간 이상이나, 정말 열심히 쳤다. 이런 정도의 열심은 무엇을 '바라서'는 되지 않는다. 자신의 욕심이든 고통이든 즐거움이든, 무언가에 쫓기듯 추구하게 되는 일이 있다.

나는《바이엘》을… 이토록 열심히 친 것이다. 그러고 나서 충격적인 사실을 알게 되었다.《바이엘》뒷부분과《체르니 100》은 난이도가 비슷해서《바이엘》을 어느 정도 잘 치면《체르니 100》을 생략하고《체르니 30》으로 넘어간다는 것이었다. 이십여 년 전의 나는 피아노를 싫어했을 뿐만 아니라 못 쳤나 보다. 감정은 역시 상호적인 것인가….

어쨌든 이번에는 내가 많이 사랑해서 그랬는지 바로《체르니 30》으로 승격했다. 모든 것이 좋아도 한 가지 문제가 있다. 내가 찬양한 피아노의 미덕, 비루한 손가락으로 눌러도 크고 울림 있는 소리를 내주시는 관대함 덕분에 자주 수치스럽고 쪼그라든다는 점이다. 손가락이 미끄러지거나 잘못된 건반을 누를 때, 틀린 음조차 얼마나 감출 수 없이, 어떻게 무마해 볼 수도 없이, 만천하가 다 듣도록, 우렁차고도 확실하게 울리는지. 감사하던 울림이 가차 없고 야멸차게만 느껴진다. 학원 밖을 지나가던 사람이 듣고 비웃고 있을 것만 같은 망상에서 헤어나질 못한다. 어려운 부분에서는 손가락에 절로 힘이 빠지고 건반을 누르는 듯 마는 듯 비실비실 소리나 겨우 낸다. 이러면 피아노의 은혜가 다 무슨 소용인가.

선생님은 확실하게 꾹꾹 누르라고, 틀려도 확실하게 틀리라고 하신다. 나도 머리로는 그러고 싶다. 우물쭈물 쭈뼛거리기보다는 어설프더라도 자신감 있는 편이 나은 걸 잘 안다. 그런데도 어려운 마디에 다가가면 눈썹부터 축 처지고 숨도 얕아진다. 손가락에 힘을 길러야 하는데. 또박또박 눌러야 셈여림도 조절할 수 있을 텐데. 콩쿠르는커녕 다섯 명 앞에서도 할 일이 없는 나의 피아노 연주는 주춤주춤 더듬거린다.

피아노는 우렁차게 틀릴 모처럼의 기회다. 내일은 확실하게 틀려주겠다고 다짐하며 손가락에 힘을 주어본다. 벌써부터 창피해서 어깨가 수그러든다. 일부러 틀리게 쳐야 하는 건 아니지만 결국 틀리긴 틀리겠지. 반드시, 이왕이면 확실하게, 틀린 울림을 온몸으로 느끼고 싶다.

몸을 날려 피아니시모

피아니시모는 '매우 여리게' 쳐야 한다. 나는 매우 매우 여리게 쳤다. 그랬더니 거의 건반이 눌리지 않는 수준이었는지 선생님은 "포르테(강하게)를 더 세게 치면 되니까 여기도 훨씬 더 분명히 치세요" 하셨다. 내 나름으로 포르테 부분에서 마음만은 조성진처럼 온 힘을 다해 치고 있었기 때문에 나더러 더 이상 어쩌라는 것인가 싶었다. 더 세게 치라니 도대체 지금으로는 부족하다는 말인가?

물론 부족하다는 건 알고 있었다. 내게만 최선일 뿐 객관적으로는 어떤 기준으로 봐도 약하고, '좋은' 연주와는 거리가 멀다는 것도. 나의 최선이 부족한 것, 잘 알고 있어요. 하지만 머리를 식히기 위해 배우고 있는 피아노에서조차 이런 부담을 느껴야 하다니 순간 그만두고 싶을 만큼 속이 상했다. 한편으로는 '어차피 내가 잘해봤자 얼마나 잘하겠냐, 뭘 그렇게 심각하게 받아들이냐' 하고 우습기도 했다.

집에 와서 조성진의 연주 영상을 찾아보았다. 말할 수 없이 강렬하다. 거의 발을 구르며, 반동으로 머리카락이 하늘로 치솟을 정도로 그야말로 몸을 던진다. 그렇게 몸을 던지기 위해서는 그만큼 정확해야 한다. 그렇지 않으면 아마 아무렇게나 건반들을 꽝 내리치는 소리 정도로 들릴 것이다. 건반을 신경 쓸 것도 없고 아예 손가락을 펼 필요조차 없다. 주먹으로 내리치면 된다.

강한 것, 약한 것, 이 모두를 가지는 것, 그래서 다채로워지는 것, 다양한 이야기를 할 수 있는 것, 그래서 감동을 주는 것. 그림에서도, 검도에서도, 요리에서도, 이 다양함은 구현할 수 있는 범위와 정도가 넓고 큰 것으로, 한마디로 능력이다. 밤 동안 마음을 다잡고 다음 날 피아노 학원에 가서 조성진을 생각하며 온 힘을 다해 건반을 눌렀다. 조금 지나자 선생님이 "여기는 이제 피아노(여리게)니까 조금 더 세게 치세요"라고 하셨다. 그럴 수가… 내 손가락 힘은 '매우 여리게'를 겨우 통과한 모양이었다.

참기는 참지만

지하철에서 졸다 깼다. 순간 사람이 어찌나 많고 서로 다 남인지 소리라도 지르고 싶었다. 80대 노인에게 느닷없는 욕설을 들었지만 한국전쟁을 생각하며 참았다. 안 참으면 어쨌겠냐마는. 그리고 그 시절에 미국 유학 다녀온 사람일 가능성도 없는 건 아니지만. 다정한 친구들이 나에게 더 당당해지라고, 안타까워하며 얘기해 준다. 나도 정말 그러고 싶은데… 하고 집에 돌아와 생각해 보니 사실은 그러고 싶지 않은 것 같다.

산다는 게 다 싸움인가. 까딱하면 무시받고 손해 보는 걸까. 강인하고 센 것이 좋겠지. 안 하는 게 아니라 못 하는 게 사실이다. 그렇다 해도 약해도 되고 싶다.

이거 자랑해도 될까?

이제는 꽤 익숙해져서 지나치게 괴로워하지 않으면서 말할 수 있다. 나는 경제적으로 무능하다. 앞으로도 영영 내 평생 정해진 사실은 아닐지 몰라도, 지금까지는 꽤 그렇다.

돈을 약간 벌어보기도 했지만 무슨 진리라도 있는지 내가 일을 잘 못 찾은 것인지 그냥 못한 것인지… 돈을 많이 받을수록 몸과 마음이 힘들었다. 당연한 소리인가. 가장 보수가 좋았던 일자리에서 이 년 가까이 일한 후로 병이 나서 오래 앓았다.

성인이 된 이후로 돈을 벌려고 이것저것을 했는데 능력도 적응력도 부족하다는 걸 확인하게 돼 많이 부끄럽고 고통스러웠다. 주변 친구들이 자기 일을 찾아 안정적으로 일하는 걸 볼 때면 더 괴로웠던 것도 같다.

누구랑 비교한다기보다는 그냥 내가 너무 못난 느낌. 부모님의 구박은 심하지는 않았지만 한두 마디로도 가슴 깊이 괴롭고 부끄럽고 죄송스러웠다.

그림을 그리고 글을 쓰는 일을 제일 열심히 하고 있지만 경제적 보상은 적다.

상냥한 친구들은 이렇게 위로해 준다. 예술가는 경제적으로 어려운 경우가 많다거나, 반 고흐를 보라거나. 반 고흐? 죽어보라는 건가…?

예술가도 뛰어나면 인정받고, 인정받으면 돈을 얻는다.

그래도 대놓고 비웃는 사람보다는 역시 친절하다. 하지만 내 무능을 비웃거나 상처를 준다고 해도 그런 사람 모두를 끊어버릴 수는 없다. 그러려면 제일 먼저 나 자신부터 끊어야 한다.

능력이 없는 것이 자랑할 일이 아닌데 그래도 스스로의 이런 부족함을 겨우, 겨우라도 인정할 수 있음은 다행이지 않나 싶다. 자랑할 게 무능뿐인가 싶기도 하다.

어떤 관종의 고백

나는 프리챌부터 시작한 관종이다. 하지만 나만 그런 것은 아니라서 이렇다 할 관심을 받아본 적이 없다. 그래서 계속 눈에 띄지 않은 관종인 채로 남아 있다.

하고 싶지만 아무도 관심 가져주지 않는 말이 늘 넘친다. 손바닥에, 노트에, 암호 걸린 문서 파일에 여기저기 쓰기 시작하다가 프리챌, 일기나라, 싸이월드를 거쳤다. 다들 그랬듯이. 천지인 자판으로 꽤 길게도 써서, 어떤 것은 워드프로세서로 옮기니 A4로 네 장이 넘었다.

열심히라기보다는 강박적으로 글을 올릴 때가 있었는데 그중에는 비공개로 하고 싶은 글도 많았다. 너무 격하거나 내가 처한 상황이 구체적으로 반영된 글은 공개하고 싶지 않았다. 하지만 결국 참지 못하고 많이 올렸다. 그렇게 올린 글들 중에 마음에 드는 것도 있어서 언젠가는 한번 정리해야지, 본격적으로 글을 써봐야지 하고 벼르고만 있었다. 십 년이 넘도록.

그러고 있던 중 할머니가 돌아가셨다. 나는 원래 떠밀려서가 아니면 좀처럼 도전하지 못한다. 수의를 입고 누워 있는 할머니를 보고서야 비로소 죽음이 막연한 미래의 일이 아니라 이제 엄마 다음에 나에게 일어날 일, 정말로 실제로 일어나는 일이라는 걸 실감했다.

장례를 마치고 집에 돌아와 그동안 썼던 글을 모아 다듬었다. 혼자 간직하려다가 왠지 억울한 마음이 들었다. 이렇게나 공들였는데…. 물론 나에게 소중한 것이 다른 사람들에게는 전혀 그렇지 않을 수 있다는 것은 잘 알고 있지만.

나는 스스로 '겁쟁이다, 나약하다, 때로는 '쓰레기다'라고까지 스스로를 객관적으로 보는 척함으로써 타인의 평가로부터 자기방어를 한다. 비겁하다는 건 알고 있다. 이렇게 말하면서도 나는 스스로 비겁하다고 인정할 수 있는 용기가 있다, 그렇다고 말해줘, 라는 마음이 든다. 그러나 크게 덤벼들지도 못하고 위험은커녕 갈등도 피해 돌아가는 나 같은 사람도 스스로의 비겁함이나 비열함에 대해 나름의 대가를 치르며 사는 법이다.

미루고 더듬거리고 머뭇, 쭈뼛, 서성거리면 여러 생각이 남아 가라앉는다. 그래서 결국 그것들을 글로 써내고 누군가에게 마음 깊은 곳을 보이는 위험한 작업을 하게 되는 게 아닌가 싶다. 마음속에서만 일어난 일이라 해도 그것을 말한다는 것은 약점이 되거나 수치스럽거나 부끄러운 일일 때도 있다.

실은 닥치는 대로 기대려는 편이다. 교회도 다녔고 성당도 가봤고 부처님도 믿고 있다. 돌도 믿음직스럽고 호랑이도 신령스럽다. 최근에는 타로티스트에게 상의했더니 "더 많은 사람과 소통하세요"라고 말해주는 게 아닌가?

나는 소통이 뭔지 모른다는 생각이 딱 들었다. 소통…. 누군가와 말이나 마음이 통한 적이 있었던가. 물론 있었을 것이다. 그런 순간이나 느낌 없이 사람은 제대로 살아남기 힘들다. 하지만 굉장히 적었던 느낌, 언젠가부터는 거의 없었던 느낌이 드는 것이다. 아마 대체로는 나 자신의 문제일 것이다. 주변의 모든 사람들이 서로 약속해서 다 함께 나에게서 돌아섰을 리는 없으니까. 소통의 느낌을 너무나 과하게 필요로 하는 게 아닐까 싶기도 하다.

그렇다 해도 소통이 쉽지 않은 문제인 것은 여전하다. 소통하라는 말이 어찌나 막연하던지 집 앞 사거리에 나가서 지나가는 사람에게 말을 걸어야 하나 하는 생각마저 들었다. 말과 마음이 통하는 사람은 만나기도 어렵거니와 그와 친교를 맺기란 희귀하다고 해야 할 정도다. 다들 찾아 헤매거나 혼자서라도 많은 말을 쓰는 것도 이해가 간다. 글 쓰는 사람이 늘어나는 것도 소통을 찾아서 그런 게 아닌가 싶다. 여전히 나는 이렇게 많은 말을 하고 싶고, 누군가 제발 들어주었으면 싶다.

남몰래 하는 연습

뭘 좋아하면 굉장히 많이 깊이 사랑하고 오래 잊지 못하는 편이다. 그런데 싫은 것에 대해서도 마찬가지로 격하게 반응하는 게 문제다. 그리고 정말 막 좋은 것에 대해서 좋게만 얘기하고 싶다는 생각이 들었는데 음 역시 부끄럽다. 왜 부끄러울까….

예를 들어 이렇게 된다. "시장에서 살구를 보았다. 정말 예쁜 색과 모양." 여기까지만 쓰고 예쁜 살구의 사진도 한 장 올리고 끝내면 좋지 않을까? 보는 사람도 나중에 보는 나도. 그런데 이대로는 뭔가 멋쩍거나 부끄럽거나 허전하거나 생각이 계속 이어져 덧붙이고 덧붙이고 만다.

(이를테면 이렇게)

+ 살구가 비록 예뻐서 샀지만 일단 음식이니 맛을 전혀 기대 안 할 수는 없다.

+ 그런데 진짜 맛이 없다.

+ 그런데 또 하루에 열 알 이상씩 먹으니 문제가 심각한 듯.

아냐 아냐. 좋게만 쓸 수는 없을까? 연습을 해보자….

(연습의 결과)

1. 살구가 정말 예쁘다. 맛은 없었다. #빛좋은개살구 (×)
2. 예쁜 살구. 보들보들. 맛없어서 안 먹게 되네. 개이득 (×)
3. 살구가 맛이 없는 게 문제인 듯. 예쁘고 맛도 있는 살구를 사자. (×)

연습하다 보니 좋기만 한 건 없는데 어떻게 좋은 내용만 쓰냐, 하는 이상한 믿음이 내게 있다는 걸 깨달았다. 그래서 정말 좋은 순간에도 약간 멋쩍고 쑥스럽고 민망해지는 습관도. 하지만 좋기만 한 일도 있을 수 있거니와 나쁜 일에 대해서라면 적잖게 보고 듣고 겪고 있으니까 좋은 일에 대해서만 말하는 것도 필요한 일이잖아.

갑자기 좋은 쪽으로 전환하기 어렵다면 솟아나는 징징거림을 생략하는 것부터 시작하자. 그럼 무언가로 채워지겠지. 언젠가는?

오늘은 이 정도로 마무리해 보자.

#너무예쁜살구

흑역사 용서의 날

오 년 전에 받았던 어떤 제안의 의미를 낮잠에서 깨면서 깨달았다. '넌 나에게 이걸 주고 내게서는 이걸 받겠다'는 거였구나. 의미를 모른 채 알았다고 했지만 거절한 게 되었지 결국. 지금이라도 이야기해 볼까. 아니, 제발. 가만히 있자.

잊자. 인제 그만.

지난 일에 대한 감정이 오래 지속된다는 건 어색하고 멋쩍은 일이다. 오 년 전의 일이라면 지금의 나보다 오 년 어린 나와 지금보다 오 년 어렸던 지인들이 한 일이다. 당연히 조금 덜 알고 더 미숙할 수밖에 없었던 때의 일들. 지금 후회하고 부끄러워해서 뭘 어쩌겠다고. 아무런 수도 없다. 그리고 더 더 오래된 일들도. 그 사람이 지금의 나보다 열 살, 스무 살도 더 어리던 때의 일들.

그래서 더 너그러워질 수도 있지만 역시 풀리지 않은 감정이 조금씩 남기는 한다.

지난 일이라서 다 괜찮다거나 어쩔 수 없다면, 지금이라도 찾아가서 확 때려줘도 괜찮지 않나 싶다. 왜냐하면 오 초 지난 일도 지난 일이지 않은가, 하면서 고집을 부리면 되지 않을까⋯. 때린 건 오 초 전인데 지금 와서 왜 이러세요, 라고.

가끔은 후회, 한탄, 자책이 너무 달콤하다. 지난 일에 대해서니까 지금 뭘 해야 할 것도 없고. 난 내 잘못을 알고 있다는 만족감. 나도 이미 알고 있으니까 나에게 뭐라 하지 말라는 방어. 아니, 제발 그만두자! 언제는 순백의 삶이었던가!

잠에서 깨는 도중, 길을 걷다가, 영화를 보다가, 누구랑 이야기하다가 가만히 있다가 흑역사가 나를 찌른다. 늘 노리고 있었다는 듯이, 조금 빈틈이 생기면 느닷없이 파고든다. 언제나 나를 둘러싸고 있는 공기처럼. 안 좋을 때면 여지없이, 빈틈없이 파고든다. 나를 괴롭혔던 사람들, 사건들, 하지 못한 말들, 나의 잘못, 가슴에 맺힌 감정들.

이미 몇 번이고 곱씹었던 일들이 대부분. 그렇게 많이 생각했는데도 딱히 시원하게 풀리지 않았다. 그러면 포기하는 수밖에 없을 텐데 마치 이것들은 다 해결하기 전에는 절대 안 된다는 듯이 나를 놓아주지 않는다. 왜 이러는 걸까. 흑역사란 무엇인가.

흑역사가 따로 있는 게 아니다. 매일 매 순간이 다 흑역사가 될 수 있다. 일단 흑역사로 느껴진다면. 흑역사는 허를 찌르지 않는다. 허였다면, 비어 있다면 안 아파야지. 흑역사는 아직 매우 아픈, 매우 실질적이고 생생한 상처와 단점을 찌른다.

어떤 사람은 천인공노할 짓을 저지르고 수없이 많은 사람에게 욕을 먹고 역사책에 불명예스러운 죄가 기록되고도 잘 먹고 잘 자고 잘 놀며 잘 산다. 나는 20만 원도 안 될 잘못을 이십 년 넘게 가슴에 얹고 산다.

물론 흑역사가 전혀 없다는 사람도 있을 수 있다. 그러니까 흑역사는 그냥 성격 탓이다, 이렇게 생각하고 싶다. 너무 많은 내 흑역사들이 진짜 다 내 잘못인 게 아니라 '성격상 그렇게 느낄 뿐'이라고 생각하고 싶다. 삶이 깨끗하거나 적어도 큰 티는 없길 바라는 성격 때문이라고. 사실은 작은 티도 없길 바라는. 그래서 흑역사에 집중하게 되는 성격 때문이라고.

이렇게 성격 탓으로 돌려도 역시 바보다. 우리의 잘남, 무결함, 잘함이 못남, 구림, 잘못과 수없이 교차되어서 만들어내는 무늬는 기껏해야 줄무늬나 체크무늬 정도이기 때문이다. 정직한 친구라면 "너 원래 그렇다. 그 정도 잘못은 딱히 신경 쓸 거 없다" 정도의 이야기밖에 해줄 수 없다. (곰곰이 생각해 보면 위안이 되는 다정한 말이기도 하다.) 인제 와서 신경 쓰고 뭘 해보려 해봤자 겨우 잊혀가고 있던 흑역사마저 새롭게 할 뿐이라고.

오늘부로 모든 흑역사를 용서하고 싶다. 나의, 남의, 모든. 어느 정도의 흑역사라면 잘못이든 성격이든 뭐든 간에. 끊자. 끊임없이 생각하는 것도, 되새기는 것도, 거듭 떠올리는 것도. 지나간 일은 지나간 일이다! 어떻게 할 수도 없고 뒤늦게 어떻게 하려고 해봤자 흑역사의 흔적만 더 깊어질 뿐이야! 거기서 무엇을 얻을 수 있단 말인가. 없다. 나아지기 위해서 그리고 재발 방지를 위해서 기억해야 할 것도 있겠지. 하지만 중간중간 흑역사의 용량을 털어주고 정리해야 한다.

나만, 나 혼자, (남들은 기억하는데) 내 멋대로 나를 용서해도 될까? 그렇다! 물론이다! 제발! 그냥 부족함, 어색함, 미묘한 긴장, 미숙함 등의 이유로 참을 수 없이 부끄러운 짓을 하고 말았다면 그만 서로 잊어주기로 해, 제발!

못난이도 잘난이도 최선을 다한다. 지금의 나는 나의 최선이다. 그럼에도 매일 조금씩의 흑역사가 생기지만. 용서하자. 남의 흑역사도 나의 흑역사도. 용서하자!

내 손이 수많은 더러운 것들을 만져왔지만 잘라내지 않았듯. 아무리 더러운 것을 만졌어도 비누로 씻고서 없었던 일처럼 지내듯. 그 손으로 음식도 집어 먹듯이. 그만큼 괴로워했으면, 아니 이제 진짜 완전히 지나버린 일이니까. 남의 것도, 남이 기억할 내 것도 용서하자. 남들은 기억할 뿐만 아니라 용서해 줄 수 없다고 해도 어쩔 수 없다. 나라도 나를 용서해야 한다. 그리고 서로에게… 그렇게 하는 것이 정말 필요하다.

축제다! 흑역사 용서의 날을 지정해. 폭탄으로라도… 불태워버리자 모두!

꽃무늬 딸, 보글보글 남편

작은 택배 상자 하나가 도착했다. 엄마가 보낸 것. 열어보니 분홍색 잠옷이 들어 있다. 깨알같이 레이스도 달려 있다.

엄마는 나에게 꽃무늬 아니면 분홍색 옷을, 바지보다는 치마를 입히고 싶어 했다. 하지만 나는 어릴 때나 지금이나 그런 스타일을 좋아하지 않는다. 열 살 즈음 이미 엄마의 취향을 만족시켜 줄 수 없음을 깨닫고 꽃무늬를 좋아하는 딸을 하나 더 낳으시라고 했으나 동생은 태어나지 않았다.

엄마가 사 온 옷은 거의 다 내 마음에 들지 않았고, 엄마는 그때마다 서운해했다. 그러다 한번은 엄마가 잠옷을 사 왔는데 잠옷은 소재만 좋으면 잘 입으니 이거다 싶었나 보다. 그 뒤로는 잠옷만 사 온다. 핑크에 레이스 잠옷.

내가 엄마와의 관계에서 가장 절실하고 힘들게 바라는 것은 "잘

될 거야, 마음껏 해봐라, 괜찮다"라는 말이다. 하지만 엄마는 대사를 정해주고 부탁해도 저렇게 말해주지 못한다. 걱정되는데 어떻게 하냐. 나를 생각해서 하는 말이라는 것이다. 그러니 괜찮다는 말은 도저히 해줄 수가 없고, 잠옷이나 반찬은 늘 보낸다.

반찬도 내가 좋아하는 것 반, 내가 좋아하지 않지만 엄마가 나에게 먹여야 한다고 생각하는 것 반이다. 손도 많이 가고 재료비도 들고 택배로 부치는 것도 수고로울 텐데. 반찬을 풀어보며 생각하곤 한다. 괜찮다고 말해주는 게 이렇게 반찬을 해서 보내는 것보다 엄마한테는 더 어려운 일인가 보다.

한편 남편은 국을 거의 먹지 않는다. 그런데 나는 또 북엇국이나 미역국을 끓이고 달걀을 부치고 찌개를 만들어서 반찬과 함께 차려주는 것에 어떤 환상이 있었나 보다. 남편이 국이나 찌개를 즐기지 않는 것을 알면서도 남편이 올 시간에 맞춰 '보글보글' 소리가 나도록 데워놓는 것이 재미있었다. 남편은 몇 번 잘 먹는가 싶더니 며칠 지나면서 "탄수화물이 많다"거나 "단백질이 부족하다"거나 하는 피드백을 주었다. 서운한 마음에 나도 모르게 "주는 대로 잘 먹었으면 좋겠어"라는 말이 나왔다. 맙소사.

내 이름 짓기

〈홍콩 아가씨〉, 〈봄날은 간다〉, 〈에레나가 된 순희〉, 〈경상도 아가씨〉, 〈비 내리는 호남선〉을 작사한 손로원 선생은 손로현, 손회몽, 불방각, 손영감, 나경숙, 부부린, 남북평 등의 필명을 사용했다.

〈불효자는 웁니다〉를 부르고 〈열아홉 순정〉, 〈단장의 미아리 고개〉, 〈아빠의 청춘〉, 〈소양강 처녀〉, 〈울고 넘는 박달재〉를 작사한 반야월 선생도 본명은 박창오였고 진방남, 추미림, 박남포, 남궁려, 금동선, 허구, 고향초, 옥단춘, 백구몽 등의 예명을 사용했다.

이렇게 많은 이름을 쓰다니. 어떤 이유가 있는 걸까? 각자 수많은 작품을 남긴 두 사람의 노래를 찾아 들어보면 분위기가 참 다양하다. 한 사람이 지었다는 게 의아할 정도로 서로 너무 다르다. 자신의 여러 면을 보여줄 여러 이름이 필요했나 보다.

요는 나도 새 이름을 쓰고 싶다는 거다. 이 이름으로 지은 죄와 흑역사로부터 달아나고 싶기 때문은 아니다. (물론 그런 마음도 있긴 하지만.) 한 사람이 태어나서 윤꽃님인 거랑 최석주인 거랑 너무 다를 것 같다. 이름마다 느낌과 이미지가 있으니까. 그리고 나는 자꾸만 이런 사람도 되고 싶고 저런 사람도 되고 싶다. 생활이 단조롭고 정지돼 있을 때 다른 이름을 꿈꾸는 것 같기도 하다. 윤윤나, 석희진, 최나래, 김주형, 신태현, 이영현, 강수정, 김보름, 임산성, 한정규, 박수민, 한이슬 등등…. (이 이름들은 모두 지금 내가 생각해낸 것이다.)

당당하고 밝고 시크하고 유능하고 철저하고 신중하고 성숙하고 명랑하고 자유롭고 카리스마 있고 차분하고 자신감 넘치는 이미지를 상상하며 지어봤으나 실제로 이 이름으로 살고 있는 사람들도 있을 것이고, 그들도 어느 날은 이랬다가 어느 날은 저랬다가 하겠지. 그리고 내가 원하는 모든 모습으로 살아갈 수 있다면 이름이 무엇이냐는 더 이상 중요하지 않을 것 같다. 그냥 이름은 고전적인 대표 이름 김영희로 하고 온갖 모습으로 살고 싶다.

나는 나의 최선이니까

"넌 내 꺼 중에 최고" 라는 가사가 있다. 흥겨운 멜로디에도 불구하고 늘 묵직하게 다가왔다. 그래. 내 꺼 중에 최고.

피아노의 낮은 음역대 건반은 정말 낮은 소리를 낸다. 바닷속의 고래들이 내는 소리와 비슷하다고 한다. 라흐마니노프의 〈피아노협주곡 2번 c단조 Op. 18〉은 첫 부분부터 눈물이 난다. 체중을 던지듯 쳐내는 연주자의 숙련도부터 감동이지만 거기에 담긴 감정. 어쩌면 해석할 것 없이 그렇게 감정 그 자체로 다가올까. 소리란 그럴 수가 있는 것일까.

인간은 어쩌다 이런 물건을 만들어서 치고 즐기며 연주회를 열고 아이들의 손가락을 단련시키게 되었을까? 어쩌다 이런 소리를 만들어냈을까? 망치가 때리는 현의 길이가 짧을수록 높은 소리를 내고 길수록 낮은 소리를 내다니? 애초에 울림은 인간의 귀에 왜 소리로 들리나? 어떤 울림은 조화롭게, 또 어떤 울림은 아름답게, 성스럽게, 신나게, 슬프게. 이 모든 게 우연일 리 없다는, 신기하고 종교적인 기분이 된다.

그리고 피아노가 가지고 싶다. '내 꺼 중에' 말고 그냥 최고는 역시 스타인웨이겠지. 이사 다닐 일 없는 내 집, 층간 소음 걱정 없는 내 집에 스타인웨이를 두고 밤낮으로 연주할 수 있다면 좋겠지만. (내 실력은 다른 문제로 하고.)

앞으로 십 년 내에 최소 세 번의 이사가 예정되어 있다. 피아노를 살 엄두가 나지 않는다. 고민 끝에 디지털 피아노를 샀다. 디지털이라도 눌리는 깊이가 있고 무게가 있으며 소리가 난다는 게 신기하고 신이 난다. 소름이 끼칠 정도로 재밌다. 너무 좋아서 탄식을 내뱉곤 한다. 아!

하지만 역시 울림이 없어 아쉽다. 때로는 원망하기도 한다.

너는 울림이 없어.
(하지만 대신 간편하잖아.)
너는 울림이 없어.
(하지만 대신 자리를 덜 차지하잖아.)
너는 울림이 없어.
(하지만 대신 밤에도 칠 수 있잖아.)

그래, 왜 원망을 해, 무슨 자격으로. 어디까지나 내 사정에 의해 디지털 피아노를, 그것도 내가 살 수 있는 가격대에서 골랐다. 웬만한 어쿠스틱 피아노보다 비싸고 좋은 디지털 피아노도 있다. 하지만 내 것은 30만 원대. 다소 텅텅거린다. 너는 텅텅거려. (하지만 나는 35만 원이잖아. 그래서 네가 살 수 있었잖아.) 맞다. 내가 가질 수 있는 최고의 것을 고르고 골라서 샀다. 그래 놓고 탓하다니. 부족하게 여기다니.

'내 꺼 중'이랄 것도 없이 내 꺼 하나라도 주어지면 다행이다. 정말로 그렇다. 하나라도 있으면 다행이고 대체로는 하나가 최선인 것. 대부분의 사람들이 내 집 한 채만 마련해도 뿌듯하듯이. 사랑할 사람 하나만 있어도 다행이듯이.

나는 언제나 새삼스럽게 슬퍼하고 감동한다. 스타인웨이를 연주하는 조성진의 소리를 내가 보고 들을 수 있으면서도, 비루한 내 손으로 35만 원짜리 디지털 피아노를, 《체르니 30》의 연주곡을 그것도 틀리게 연습하는 모든 상황이 나의 것, 내 삶이라는 사실에. 아마 대체 불가능하고 내게 주어진 유일한 것이기 때문일 것이다.

스타인웨이와 조성진은 내 것도 나도 아니다. 니콜 키드먼과 케이트 블란쳇과 전지현이 나보다 멋있고 잘생긴 것은 알지만 그래도 나에게는 나뿐이다. 피아노야 미안. 잠시 깜빡했다. 마치 내게 다른 선택지가 있었다는 듯이 아쉬워했네. 없었지, 나에겐 너뿐인걸. 감사함을 머리로만 알고 목 아래로는 모르나 봐.

단 한 번의 달리기

잠에서 깨는 한 걷기는 한다. 화장실도 가고 물도 마시고 냉장고도 연다. 하지만 주로 책상 앞에 앉아 하루를 보내니 결국 몇 걸음 안 된다. 그러고는 깊이 잠들지 못하고 힘없이 아침을 맞는 생활이 몇 년이고 반복되었다. 가끔은 힘을 내서 활기차게 걷거나 자전거를 타기도 했다. 하지만 달리기만은 시도해 본 적이 없었다. 두 발을 다 땅에서 떼어야 하다니, 너무 힘들거나 위험한 일이 아닐까?

그러다 내가 좋아하는 작가 둘이 달리기를 꾸준하게 하고 있다는 걸 알게 되었다. 한 명은 심지어 마라토너였고 달리기를 주제로 책도 냈다. 세상에, 그렇게 좋은 글을 많이 쓰면서 달릴 시간도 있단 말인가? 글쓰기에도 다른 일 못지않게 체력과 끈기가 필요하니 달리기를 하면 도움이 될 것도 같지만 이런 생각은 나중에 들었고, 당시에는 두 작가가 달리기를 한다는 사실에 마치 그 둘이 형제자매로 밝혀지기라도 한 듯이 놀라웠다.

돌연 나도 달려야겠다고 결심했다. 달리면 나도 그 혈통에 낄 수 있을 거라는 생각이었던 것 같다. 잠깐 검색해 보니 '초보자는 3킬로미터를 목표로 훈련한다'는 내용이 있었다. 나는 이 말을 '초보자도 3킬로미터는 달릴 수 있다'로 오해하고 운동화를 꺼내 신고 집 근처 천변으로 갔다.

움직이기 편한 바지와 모자까지는 생각했지만 물은 챙기지 않았다. 고등학교 시절 체육 시간의 기억으로 간단히 준비운동을 했다. 머릿속엔 어느새 3킬로미터 생각뿐이었다. 흠, 내가 3킬로미터를 달릴 수 있다고? 신기하다! 아무도 그렇게 말하지 않았지만 나는 그렇게 믿었다.천변 지도를 살펴보니 여섯 번째 작은 다리가 마침 3킬로미터, 나의 목표 지점이었다.

나는 달리기 시작했다. 최소 육칠 년 만에 처음 달리는 것이었는데도 아무런 의심 없이 해맑게 출발했다. 첫발부터 머리통이 어깨 위로 내려앉고 발목이 덜컹거리며 온몸에 강렬한 타격을 받았는데도 초보자도 3킬로미터는 달릴 수 있다, 그리고 달리기에 입문하면 나도 좋은 글을 쓸 수 있다는 두 가지 근거 없는 믿음에 빠진 채 계속 달렸다.

지극히 초보적인 느린 속도로 달리면서 나는 마치 자동차라도 탄 것 같았다. 걸을 때와는 모든 것이 달랐고 극적으로 보였다. 꽃을 볼 시간이 없잖아? 무엇보다도 걷다가 멈추면 다시

자연스럽게 걸을 수 있지만 달리다가 멈추면 다시 달려 나가기가 훨씬 더 힘들 것 같았다. 그리고 실제로 내 상태가 그랬다. 나는 한번 역치를 겨우 넘어서 굴러가기 시작한 공처럼, 멈추면 다시는 움직일 수 없을 것만 같았다.

발꿈치로 땅을 때리는, 아니 땅이 내 체중만큼의 무게로 나를 때리는 그 힘은 한 발 한 발이 충격이었다. 아니 그래도 내 몸인데, 내 무게를 견딜 힘이 몸 안에 있어야 하는 거 아닌가? 사실 아니다. 무게가 있다고 꼭 그만큼의 힘이 있는 건 아닐 테니까. 하여튼 당시에는 도대체 내 몸인데 왜 이렇게까지 움직이기가 힘든지 납득하지 못한 채, 발을 내디딜 때마다 땅에게 한 대씩 맞는 듯이 억울해하며 원통하게 앞으로 나아갔다.

걷는다는 건 지표면을 따라 기대듯이 나를 옮겨 놓는 거고. 달리기는 아무래도 나를 위로 튕겨 올리도록 조금이라도 박차야 한다. 중력과의 싸움이 아닌가? 그래서 마라토너들이 그렇게 말랐구나. 근육은 엄청나면서. 보통 일이 아니구나. 이렇게 숨 가쁘게 감탄을 거듭했다.

준비되지 않은 상태로 온몸을 덜컹거리면서 달리다가 얼마 안 돼 나는 한계를 느꼈다. 하지만 한계라는 게 종종 그렇듯이 정말로 한계는 아니었던 모양이다. 진짜 못 참겠다고, 몇백 미터를 달리기도 전에 생각했다. 숨이 너무 차고 눈도 부시고 발도 아프고 머리도 뜨거웠다. 목도 마르고 쓰러질 것 같다 싶었지만 딱히 쓰러지지는 않았다. 결정적으로 3킬로미터를 가지 못

하고 멈추면 왠지 집에 돌아가기도 어려울 것 같았다.

출발하자마자 거의 마라톤이라도 마친 사람처럼 되었지만 꾸역꾸역 2킬로미터 이상을 더 뛰었다. 그 천변에는 이런저런 꽃이 피어 있고 물에는 오리가 떠 있어서 구경거리가 많았는데 그날의 풍경은 무엇 하나 기억나지 않는다. 발바닥을 땅에 내리찍을 때마다 충격에 떨면서 곧 쓰러질 듯 가다 보니 드디어 내가 목표로 했던 여섯 번째 다리가 보였다. 결승점의 흰 선도 없는 그곳이 순간 꽤 간절했다.

다리 아래에는 사람이 별로 없고 으슥했지만 감사하게도 음수대가 있었다. 나는 놀랍게도 3킬로미터 지점을 십여 미터나 지난 곳까지 달려가 물을 마시고서야 다리 밑에 구르듯 주저앉았다. 흙이 아니라 잔디라서 다행이다, 먼지도 덜 묻고 푹신하네. 그늘에 누워 이런 생각을 하다 이내 잠이 들었다.

한기를 느끼며 눈을 떴을 때는 두 시간이나 지난 뒤였다. 마치 납치라도 당했다가 깨어난 사람처럼 주변을 살폈다. 침대 위에서도 이런저런 이유로 쉽게 잠들지 못하던 내가 길에서? 다리 밑에서? 이런 흙바닥에서(다시 보니 잔디가 듬성듬성한 것 같았다)? 게다가 몸이 꽤 개운하고 정신도 또렷했다. 활동과 휴식이 둘 다 부족했던 걸까? 쓰러질 정도로 움직이고, 그래서 쓰러져 푹 쉬는 게 필요했던 걸까? 과연 그렇다면, 달리기를 잘하면 글쓰기 아니라 뭔들 못 하겠나.

땅에게 발바닥을 두드려 맞고 크게 깨달은 사람처럼 놀라워하며 천천히 집으로 걸어왔다.

나를 팔아 먹고산다

살아 있는 한 무언가가 필요하다. 그래서 몸이든 마음이든 시간이나 에너지, 자존심이든 팔아서 구한다. 설사 받기만 한다 해도 대가는 있다. 자기 것이 아닌 것으로 먹고사는 데에는.

우아와 고상은 많이 가진 이후의 일이다. 수많은 선택지 중 고를 수 있는 여유와 자유. 나는 네가 필요하지 않다는 도도함. 타인에게서 무언가를 필요로 한다는 것은 타인의 의도나 결정에 영향을 받거나 좌우되는 상태다. 돈을 주세요, 일자리를, 마음을, 연락을, 메시지를, 관심을, '주세요'.

도덕, 자율, 양심 같은 것은 피도 뼈도 살도 아니다. 그래도 옷만큼은 되는 것 같다. 입지 않으면 부끄럽고 민망하고. 뼈와 살이 부서지는 일과 많은 사람 앞에 맨몸이 드러나는 일 중 뭐가 더 고통스러울까? 이렇게 생각하면 어렵지만 절체절명의 순간 옷을 파는 게 나을까, 뼈나 살을 파는 게 나을까? 역시 옷이겠지.

아니 그냥 평범하게 시간, 노동력 정도를 팔자…. 마음과 자존심 같은 것들이 조금씩 묻어 나간다 해도 그래도 이 정도면 문명사회잖아.

개미와 아버지

이 년 전쯤에 주식 30만 원어치를 샀다. 스마트폰에 주식 관련 앱도 깔고 일이 주일에 한 번 들어가 보며 '나도 주식 투자자'라는 느낌에 만족했다. 그런데 얼마 지나지 않아 30만 원이 15만 원 정도로, 반값으로 떨어졌다. 그 뒤로는 두세 달에 한 번 정도 가격을 확인했다. 그러다가 어제 또 생각이 나서 접속해 보니 한 주당 내가 산 가격보다 2십 원이 올라 있었다. 본전만 회수할 수 있으면 팔자고 생각하고 있었기 때문에 팔려고 하는데 공인인증서와 OTP 등을 새로 발급받느라 한 시간 이상을 보내고 '매도'를 눌렀을 때는 내가 산 가격보다 2원 높은 가격으로 또 떨어져 있었다. 주가라는 것이 그렇게 끊임없이 변한다는 걸 처음 알았다. 파는 게 매수가 아니라 매도인 것도 겨우 알았다.

이 년여를 묵혀두었다가 한 주당 2원의 수익을 얻다니, 어떻게 된 일일까? 처음부터 '초미세 개미 투자자'로서 스스로를 우스워하며 한번 사본 것이지만 그래도 꽤 실망스러웠다. 한 주당 2십 원만 벌었어도 좋았을 것 같았다. 게다가 수수료도 있다니. 이 이야기를 친구에게 하는데 나도 모르게 아주 호탕한 웃음이 터져 나왔다. 친구는 주식 하는 사람들은 매일 붙잡고 있다시피 한다며, 두세 달에 한 번 들어가서 확인했다는 내 말을 듣고 고개를 가로저으며 "넌 안 되겠다"고 했다. 그래.

돈 버는 재주도 없지만 돈에 대한 관심과 욕심도 부족하다. 매일 가격을 확인했으면 한 주당 2백 원도 벌 수 있었을까? 매시간 확인했어야 했을까? 매분, 매초?

내 나이 10대 후반에 투자 사기로 퇴직금을 날린 아버지가 생각났다. 아니 온몸으로 느껴졌다, 아버지의 마음이. 돈을 벌고 싶었을 것이다. 아직 자식은 어리고, 마음이 급했을 것이다. 잘하고 싶었을 것이다. 하지만 마음처럼 잘되지 않았겠지. 마음이 쫓길수록 더욱 잘 안됐겠지. 아버지는 돈을 벌어 나에게 잘해주고 싶었지만 다른 사람들은 다른 마음을 먹고 아버지의 돈을 가져갔다. 원망과 한탄과 체념을 거쳐, 대학에 입학하고 다닐 수 있는 것만도 다행이고 감사하다고 생각하게 되었던 어느 날의 나에게 유학 못 보내줘서 미안하다며 눈물을 보이던 아버지. 그때 나는 차고 쓰게 웃었다. 아버지를 뒤늦게 이해한다. 마음만은 그랬던 것이다.

어린 권력자

초등학교 때 몇 번이나 따돌림을 당했다. 어린아이들은 동물처럼 힘에 민감했다. 싸움 잘하는 아이, 부모님이 자주 찾아오는 아이, 예쁜 아이, 공부 잘하는 아이, 말 잘하는 아이, 춤 잘 추는 아이, 그냥 왠지 당당한 아이 등 여러 힘의 관계에 의해 아이들 사이에 꽤 엄중한 계층이 지어졌다. 이 위계는 학기 초에 순식간에 균형을 이뤄 대체로 그 학년이 끝나도록 지속되었다.

여덟 살의 어린아이가 어떻게 그렇게 할 수 있는지 몰라도 분명히 따돌림을 주도하는 아이들이 있었다. 매년 반에 한 명은 있었다. 나는 나를 괴롭히던 아이들의 이름과 얼굴 생김을 기억하고 있다. 지금 어떤 어른으로 자라 어떻게 살아가고 있을지, 초등학교 시절의 본인의 모습을 어떻게 기억하고 있을지 종종 생각한다. 그 아이들은 두뇌 회전과 눈치가 빠르고 사람을 잘 다루는 재능이 있었던 것 같다. 어른이 되면서는 그 재능을 달리 잘 사용하고 있지 않았을까? 어찌 됐든 왠지 '잘' 살고 있을 것 같다.

초등학교 1학년 때 (지금 생각해도 충격적인데) 나를 따돌리던 주동자와 그 무리들이 나의 나쁜 점을 적고 논의하는 노트를 각자 갖고 다니는 걸 봤다. 뭐였을까, 내 나쁜 점. 표지에 내 이름이 크게 쓰여 있던 그 노트에 뭐가 적혀 있을지 무척 궁금했다. 4학년이 되자 따돌림은 꽤 체계적이고 노골적이 되어서, 나랑 말을 하는 아이가 있으면 따돌림 지휘자(인기 있는 아이)의 핵심 측근 아이들이 와서 방해하고 감히 나와 말을 하려고 했던 아이를 엄중히 질책하는 수준에 이르렀다. 그것은 꽤나 모욕적이고 위협적이면서도 외롭게 하는 처사여서 집에 와서 울곤 했다. 4학년 교실은 힘과 관계의 다이내믹으로 가득 차 있었다.

고학년이 되자 공부를 잘하는 것이 훨씬 더 권력이 되어 공부도 잘하면서 당당한 애들이 힘을 차지했다. 초등학교 한 반 안에서의 힘이라니 지금 성인의 눈으로 보면 코웃음이 나오지만 그 안에 속한 어린아이로서는 무시할 수 없는 압력이다. 내가 공부를 조금 잘해서 주목은 받으면서도 맹하고 인기가 없는 것이 드러나자 즉시 따돌림의 표적이 되었다. 나는 계속 둔하게 반응해서 이 어린 권력자들을 더욱 자극했던 것 같다.

중학교에 올라가 교복을 입자 갑자기 다들 얌전해졌는지 즉시 사회화가 되었는지 따돌림도 더 사회적인 방식으로 이루어졌다. 정례화된 시험과 공식적인 성적으로 인해 공부를 잘하는 아이들은 꽤 경외의 대상이 되었다. 그래. 그건 경외에 가까웠다. 존경은 아니지만 '공부라는 게 뭔지도 모르겠는데 저 애는 그걸 잘한다고? 쟤는 뭐지? 뭔가 있나?'와 같은 막연한 충격과 두려움으로.

성적과 함께 '노는' 아이들도 이 시기에 더 특화되고 부각되었다. 여자아이는 더 빨리 성인 여성처럼, 남자아이는 성인 남성처럼 어른의 주로 나쁜 점을 따라 했다. 담배는 '나는 이런 것도 한다'는 반항과 과시와 결핍의 상징이었다. 초등학교 때는 잘난 척 거리가 힘이었다면 중학교 시절에는 가정에서 힘들거나 소외되거나 폭력을 많이 배운 아이들이 위압적인 존재가 되었다.

한번은, 전교에서 가장 무서웠던 여자아이가 내 옆을 지나가면서 "재수 없어"라고 말하곤 갑자기 그 무리들이 웃음을 터뜨렸다. 나중에 보니 그 아이가 내 등에 침을 뱉어두었다. 일상적 수준을 벗어난 충격에 나는 거의 아무 느낌이 없었고 태연하게 화장실에 가서 옷을 닦았다. 남색 동복 재킷을 입고 있었는데 재킷 등판 한가운데 거품이 가득한 침이 끈적하고 하얗게 붙어 있던 모습이 뚜렷이 기억난다. 침이 왜 이렇게 탁하지, 하고 생각했다.

내 침은 지금도 그렇게 탁하지 않다. 그 아이는 담배를 피우고 있었을까? 그렇게 탁한 침을 뱉는 열네 살 여자아이라니. 나는 그 아이가 자주 궁금하다. 어떻게 살고 있을까. 당시에도 나는 그 아이가 무섭지 않았다. 그 아이와 나는 마치 서로 다른 차원에 살고 있다는 듯이 서로 엮이거나 교차하는 일이 적었다. 나는 나대로 반에서 아주 겉돌고 있었지만 날라리도 문제아도 다 자질 부족이었다. 혼자 견디기 힘든 시간을 어떻게든 보내기 위해 쉬는 시간마다 글을 쓰거나, 있지도 않거나 주소도 모르는 옛 친구에게 편지를 쓰거나, 하다못해 공부를 하면서 견디고 있었다.

어느 날인가 쉬는 시간에 내가 혼자 앉아 공부하고 있을 때였다(이때 괴롭고 외로웠다). 나에게 침을 뱉은 그 아이가 내 옆에 서서 내가 공부하는 책을 내려다보더니(이때 무섭고 긴장됐다) 진지하게 신기하다는 듯이 "넌 이걸 알겠냐. 공부가 재미있냐"고 물었다. 우리는 서로 모르는 사이였는데 "재수 없어"를 제외하고 그 아이가 나에게 한 말은 이게 전부였다. 무슨 상황인지 파악이 안 돼서 아무 대답을 못 하고 있는 사이에 그 애는 가버렸다.

이 일이 그 애가 나에게 침을 뱉기 전인지 후인지는 기억나지 않는다. 다만 그 애는 아주 힘들어하고 있었던 것 같다. 화가 나 있고 불안하고 슬프고 그리고 많이 괴로운 일이 있어 보였던 것 같다. 너무 큰 가시처럼 자신의 몸을 뚫고 나오는 분노와 나쁜 감정을 담고 있기 힘든 모습이었다.

어른스럽게 덮거나 칠하지도 못하고 쓸리고 까진 피부처럼 새빨갛게 드러나 있는.

지금 그 애의 모습을 떠올려보면 그렇다. 어떤 환경에서 어떤 일을 겪으며 자라고 있었을까. 누구나 한 번쯤은 다른 사람을 향해 침을 뱉을 수 있는 걸까. 만약 근황을 알 수 있다면 약간 가깝게 지냈던 친구들보다도 내 등에 침을 뱉은 그 애가 어떻게 살고 있는지가 더 궁금하다.

만 4천 원짜리 존경

몇 년 전 식당에서 점심을 먹고 있었다. 잠시 뒤 경찰 두 분이 들어와 옆자리에 앉았다. 경찰을 그렇게 가까이에서 본 건 처음이어서 가슴이 두근거렸다. 선배 경찰관이 민원인이 그렇게 나올 때에는 어떻게 하는 게 좋고 뭘 조심해야 한다며 초보인 후배에게 가르쳐주는 것 같았다. 누가 낮부터 술에 취해 행패를 부린 모양이었다.

누구보다도 겁이 많은 사람인 나는 겁쟁이로는 세상 0.1등 정도 될 것 같다. 그러다 보니 경찰이나 소방관, 형사 등 위험을 무릅쓰는 직업인에게 경외심을 느낀다. 큰 몸짓은커녕 누가 소리만 질러도 온몸이 굳을 것 같다. 상상만 해도 배탈이 나는 것 같다. 그런데 저분들은 취객, 폭력, 온갖 말썽쟁이들을 상대해야 하다니. 그래서 나 같은 사람이 비교적 더 안전하게 살 수 있고. 반인반신인가? 영웅? 어벤저스 아닌가? 물론 정의감만으로 경찰이 되는 건 아니겠지만 그런 위험 요소를 알면서도 그 일을 하기로 결정한다는 것 자체가 다른 종족 이야기처럼 멋있다.

홍분한 채로 밥을 먹고 계산을 하려는데 경찰 두 분의 테이블을 보니 내가 먹은 것과 같은 7천 원짜리 점심 메뉴 두 개였다. 충동적으로 "경찰분들 테이블도 같이 계산해 주세요"라고 말하고 그분들 것도 계산했다. 누구에게 베풀기는커녕 늘 달달 떠는 편인데 경찰분들이 너무 멋있어서 태어나서 처음으로 그런 걸 해봤다. 나중에 생각해 보니 그건 호의 같은 게 아니라 뭐랄까, 부처님께 절을 하고 공양하는 기분에 가까웠다.

물론 평생의 성격이 어디 가는 건 아니라서 식당에서 나오자마자 '주인이 그 경찰분들한테도 또 밥값을 받는 건 아닐까' 하고 의심하며 마음속으로 쪼잔하게 굴기는 했지만 떠올릴 때마다 잘했다, 내 존경심이 전달됐으면 좋겠다, 싶었다.

그런데 오늘 점심을 먹는데 옆자리에 소방관 네 분이 앉았다. 나는 우연히 스파이더맨과 같은 식당에 들어온 느낌이었다. 우와아… 주황색 옷이 너무 멋있었다. 차도에 무슨 문제가 생겨서 오가는 차를 막으며 일을 한 모양이었다. 소방관의 목소리를 듣다니 너무너무 대박적으로 멋있다!!! 속으로 외쳤다.

그리고 결제의 시간이 왔다. 이번에도 내고 싶어. 내고 싶었다. 몇 년 전 미륵보살님을 뵈었는데 이번에는 아미타불께 공양할 기회가 온 거 같았다. 그러나 오늘의 점심 특선은 8천 원, 소방관은 네 분. 3만 2천 원. 낼까? 엄청 무리인 금액은 아닌데.

그래도 3만 2천 원. 어떡하지.

지갑에서 카드를 꺼내어 주인에게 건네는 동안이 길게 느껴졌다. 굉장히 고민했다. 인생의 중요한 순간 같았다. 그런데 결국 아무 말도 하지 못했다.

버스를 타고 집에 오면서 나의 자잘함에 소름이 끼쳤다. 목덜미에 찬 것이 닿은 듯 등과 팔에 오소소 닭살이 돋았다. 3만 2천 원 어치도 안 되는 거야. 못나고 잗달다. 지질하고 쪼잔하다. 오, 맙소사. 소방관님을 언제 또 알현할 수 있겠어. 그럴 기회가 언제 또 있을 수 있겠는가. 이게 고마워하고 존경한다는 마음이냐. 내 존경심의 상한선이 만 4천 원인가. 설마. 만 4천 원과 3만 2천 원 사이의 어디일 거라고 생각하고 싶다.

다음에 또 기회가 생긴다면. 10만 원까지는… 12만 원까지는 기꺼이 공양하고 싶다. 아니, 20만 원 정도도….

예쁜 쓰레기

눈이 많이 왔다. 매일 산책하는 길에 쓰레기가 많이 쌓여 있어 늘 화가 나 있었다. 하필 오늘 갑자기 집게와 종량제 봉투 10리터짜리를 들고 급한 일인 듯 빠른 걸음으로 세 번쯤 미끄러지며 그 길로 갔다. 내친김에 가는 길의 쓰레기도 주우니 도착하기도 전에 봉투의 삼분의 일 정도가 찼다. 쓰레기를 버린 누군가에게 주변 환경 전체를 쓰레기통으로 생각하냐? 아예 쓰레기통 속에 살아라. 너희 집 주소가 쓰레기통이냐? 라고 묻고 싶지만 그냥 너무 정신없이 버스를 타러 가느라 또는 강풍이 불어 원치 않게 놓친 물건들이라고 생각하려고 해도… 늘 실패.

봉투는 금방 다 찼다. 캔과 종이도 누군가 입 대고 만졌을 것임이 꺼려져 분리수거하지 않고 그냥 버렸다. 나쁜 일을 하는 기분이었다. 재활용하려면 깨끗하게 만들어야 하는데 길에서 주운 쓰레기를 집에 갖고 가 씻고 싶지는 않았다. 캔이 특별히 많아서 (2위는 담배꽁초) 점점 더 나쁜 짓을 하는 기분이 되었다. 환경미화원이 청소한 쓰레기는 재활용이 되는 걸까?

참 쉬운 게 없다.
그래도 눈에 덮인 쓰레기들은 대체로 예뻐 보였다.
풍선껌 포장지와 사탕 껍질이 특히 예뻤다.
쓰레기 위에도 공평히 쌓이는 눈은
정말 하늘나라 선녀님이 뿌려주시는 듯 은혜로웠다.

여기서 끝내는 게 좋겠지만 솔직히 내 외투에 붙은 눈송이들을 보면서 그래, 내 위에도 쌓이잖아, 나도 진짜 쓰레기보다 나을 것도 없는데, 라는 생각을 해버렸다. 게다가 길에 누운 내 몸 위로 눈이 쌓여 아무런 구분도 되지 않는 장면이 눈에 보이는 듯 훤하게 그려졌다. 밝아지고 싶어도 쉬운 일이 아니며 전보다는 밝아지고 있는 게 이 정도인 것 같다. 어쨌든 밝거나 해맑긴 어렵고 시니컬이나 벗어나서 유머를 꿈꾸는 것이 내게는 현실적인 진로인 것 같다.

마음의 문단속

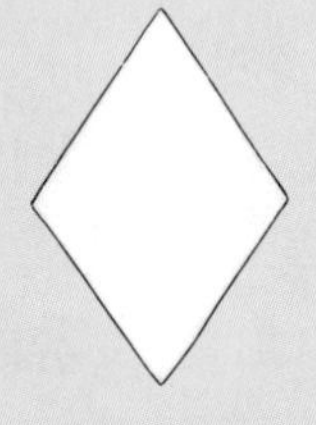

괜찮은 문제

흙도 맛있다

불안해서 불안하다니까

좋아서

너의 콤플렉스

자살 로망

오늘의 철학자

정신세계 인테리어

죽지 않아도
다시 태어날 수 있다

이소라

번민을 여의는 종

0.1희 0.1비

쌍방 선처

촌철 사랑

장례 희망

무제한 사랑

태연한 이별

이럴 때

낭중지추

마음 8차선

마음 조심

상처 우려먹기

못 잡은 물고기 같은

케이크의 크림, 비빔냉면의 양념

엄마는 나를 너무 좋아한다

젖은 소매

너는 할 수 있어

괜찮은 문제

여러 유형의 심리·행동상의 문제가 설명된 책을 읽다가 나는 평범하구나 하는 위안을 얻었다. 책은 마치 내 자서전처럼 내가 겪은 수많은 문제들이 구체적으로 정리돼 있었다. 이렇게 범주화될 정도라면 그만큼 저지르기 쉬운 실수이자 흔한 잘못이었다는 거잖아. 내가 특별히 나쁘거나 못난 게 아니었다. 평범하게 부족했을 뿐이다.

이거야말로 행복의 조건이 아닌가.

흙도 맛있다

◆

차선과 차악의 차이가 무엇인지 생각해봤다. 결국은 다 최선이다. 최악조차도 최선일걸. 누구든 복숭아와 크림만 먹고 싶지 않겠어. 하지만 당뇨이거나 돈이 없거나 파는 곳이 없거나 배송 불가 지역에 사는 등등이겠지. 삼킬 수만 있으면 신발 가죽도 먹는 상황도 있을 거고. 가죽 신발도 없으면 흙이라도 먹겠지.

어느 철학자는 자유의지론이냐 결정론이냐를 판가름하는 데에 시간이 개입해야 한다고 했다. 즉 정해지기 전엔 자유로운 것, 이미 그리되고 나서는 결정된 것. 과거는 바꿀 수 없다는 점에서 운명이나 마찬가지다. 자신의 의지가 개입된 운명. 그에 대한 해석만(은) 바꿀 수 있다.

지금의 내가 나의 최선이라고 스스로를 설득하고 어르고 달랜다. 장하기도 하고 안됐기도 한 나.

상담을 받기 시작했고 불안장애를 중점적으로 다루기로

했다. 〈그것이 알고싶다〉를 끊기로 상담 선생님과 약속했다. 삼일 차. 금단현상으로 콜라를 1리터 마셨다.

불안해서 불안하다니까

◆

불안장애는 사실 불안 중독이다. 불안하지 않으면 불안하다. 불안해할 거리가 늘 필요하다. 불안한 게 차라리 마음 편하다. 불안으로 연소시키지 않으면 안 되는 어떤 에너지가 있고 이것이 끊임없이 빙빙 돌다가 마음속 여기저기에 계속 부딪혀 상처와 마찰을 일으키는 상태. 아마도 직시하기 어려운 고통 거리가 따로 있기 때문이리라. 직시하기도 납득하기도 해결하기도 그렇다고 잊기도 어려운 문제가.

불안장애의 특성 1. 현실 파악이 주관적, 정서적, 시간 초월적, 인상 중심적이다. 무슨 일에든 어떤 상황에서든 자신만의 세계에서 (불안 거리에) 정신이 팔려 있다. 이런 상태에 어떤 알려지지 않은 장점이 있을지도 모르지만 계약, 돈, 관계 등을 다룰 때 분명한 어려움을 초래한다.

특성 2. 순발력이 부족하고 상황에 대한 파악도 적응도 느리다. 역시 불안으로 인해 에너지가 빙빙 도느라 외부와의 교류가 막히거나 왜곡되기 때문이다. 적절한 정보 파악과 예측도 될 리 없다. 이러니 예상 밖의 일이 생기면 쇼크가 된다. 순간적으로 마비가 오고 부적절한 반응과 대처를 한다. 실질적 피해와 손해가 생긴다. 그리고 또 놀람, 후회, 한탄, 자존감 하락. 또 그리고 또 반복.

특성 3. 특성 1과 특성 2는 불안장애를 부추기고, 이로 인해 극심해진 불안장애가 특성 1과 특성 2를 강화하는 악순환이 거듭된다.

(잘못된) 대비책. 불안장애를 강화한다. '제대로 된 반응'을 하기보다는 '충격 줄이기'에만 급급해 오직 최악의 상태를 예상해 마음의 준비를 한다. 나쁜 것, 더 나쁜 것을 강박적으로 찾아 나선다. 최대한으로 대비해야 하니까 아예 최악의 사태로 직진한다. 죽음, 피살, 강간, 피랍, 전쟁…, '이에 비하면 웬만한 일은 충격적이지 않을 것…'이라는 이상한 만족을 추구한다. 그러나 실제로 일어나는 일은 지각, 약속 변경, 비가 옴, 실패, 탈락, 거절, 기분 나쁜 상황, 모욕적 언사, 이별, 예상 밖의 변화 등등이다. 극단적인 경우 외에 실제로 일어날 만한 일들은 생각도 안 해봤기 때문에 결국 실질적인 문제에는 대응력이 떨어진다. 그래서 잘못 대응하고 또 쇼크를 받고 자조하고 자괴에 빠진다. '그렇게 미리 걱정을 많이 해놨는데 이건 미리 걱정하지 못했다니….' (사실 걱정 못 한 게 백만 배나 더 많다.) 그리고 또 이 생각을 하느라 그다음 순간들을 보내버린다.

불안을 선용해 매일을 마지막 하루처럼 매번을 마지막 만남처럼 대하기나 하는 게 낫겠지.

근데 되겠냐.

(올바른) 대비책 1. 현실과 팩트에 집중한다. 특히 타인과 외부 상황을 객관적으로 보는 훈련을 한다. 차라리 모든 해석을 포기하고 사실만 인지하도록 해본다. 그래서 쇼크에 몰두하지 말고 현실적 반응을 한다. 마음… 내 마음 그거. 별 도움도 안 되는 거. 버린다. 잠시 무시한다. 그만큼 몰두했는데 별 볼 일도 없고 오히려 안 좋았다면 그만. 잠시 떼어놔도 오케이. 예를 들어 친구가 약속 장소에 안 나타난 경우: 사고? 택시 납치? 강도? 이런 생각을 차단하고 그냥 친구에게 전화를 걸어서 싸우든 기다리든 장소를 바꾸든 한다.

대비책 2…까지 갈 것도 없이, 1번만 해도 충분할 것 같거나 1번만 하기도 벅찰 것 같다.

좋아서

◆

'괴로움을 잊기 위해' 단것을 먹고 술을 마시고 매운 걸 먹고 피아노 치고 샤워하고 대화하고 글 쓰고 그림 그리고 만나고 산책하고 책 읽고 어딜 가는 게 아니라, '그렇게 하는 것이 기뻐서 좋아서 그렇게 하고 싶어서' 그렇게 하고 싶다. 무엇을 고통 경감용 위안으로 이용하는 게 아니라 진심으로 원해서 하고 싶다. 한의원에서 심장에 불을 꺼야 한다더니, 참 내. 모든 것을 소화기, 이불, 물, 상추, 아이스팩으로 써먹고 있어.

너의 콤플렉스

◆

친구랑 싸우다가 뭔가 더 견디고 싶지 않은 기분이 들어 결국 말해버렸다. "그건 니 콤플렉스 아냐. 니 문제잖아. 그게 나한테 화낼 일이야?" 친구가 멈칫하더니 담담히 말했다. "그래 내 콤플렉스인데 니가 이해해 줄 수도 있는 거 아니야?" 너도 말하기 민망하고 힘들었겠지. 친구의 진솔한 애정 요구에 약간 감동했다. 곧이곧대로 말하면 친구가 민망할까 봐 그냥 밥이나 먹으러 가자고 했다.

싸울 친구도 몇 없다, 이제. 새삼 고마워서 내가 밥을 샀다. 그랬더니 친구가 아이스크림을 사줬다. 이게 지금 나에게는 정말로 놀랍고도 아름다운 이야기다.

자살 로망

◆

'자살 로망'은 선택지를 넓힌다는 자기기만이다. 남들과 달리 나는 선택지가 하나 더 있다는 듯이. 짜장 먹을까 짬뽕 먹을까 자살할까. 사실대로 말할까 걸릴 때까지 기다릴까 그냥 자살할까. 빨리 쓰고 잘까 조금 자고 일어나서 쓸까 그냥 안 낼까 자살할까. 일을 늘릴까 여행을 포기할까 그냥 자살할까? 음… 역시 그냥 자살할까? 난 말이야, 자살을 선택할 수도 있었다고. 당연하게 자연스럽게 살아 있는 게 아니라 '선택'에 의해 자살하지 '않고' 살아 있는 것이라고.

사실상 어떻게 하면 목숨이 죽어지는지 잘 알지도 못한다. 정말 죽고 싶은 것도 아니다. 그저 '자살'이라는 선택지를 하나 더 가진 느낌을 유지하면서, 망설이는 척하면서, 지지부진하고 우유부단하게 그러나 짐짓 실존적 고민을 하는 양 구는 것. 그러나 진짜 하기는 싫어서, 점점 더 아름답고 멋지지만 도달 불가능한 실존적 로망으로 만들기도 한다.

나는 늘 장국영을 떠올린다. 그는 극단적으로 아름다웠다. 게다가 너무 젊은 채로 가버렸다. 나는… 장국영도 아니고 뭘 죽어. 그처럼 사는 것은 불가능하면서 그의 죽음에만 영향을 받는다고? 제대로 따라 하지도 못하는 것이다. 애초에 무게 없이 떠들린 집착이다. 딴청 피우기. 집중하기 두렵고 민망해서. 최선을 다하지는 않은 척.

이렇게 에너지를 낭비하면서도 누군가 열심히 사는 모습을 보면 부럽고 가슴이 끓는다. 〈패왕별희〉처럼 어쩔 수 없는, 아름다운, 그런 것을 막연히 부러워한다. 그렇게 해낼, 어려움을 참고 이뤄낼, 고통을 견딜 자신이 없는 건 물론이다. 자살은 할 수 있다고 생각하나? 그것도 아마 못 하겠지.

다른 이들 말을 들어봐도 이러이러하니 살라는 설명보다 죽지 말란 주장이 훨씬 많다. 딱히 강력한 근거도 없다. 그래도 안 죽고 사는 사람이 더 많아 그런가. 이미 태어났고 살아 있으니, 굳이 상태를 바꾸려면 크나큰 결단과 실행이 필요하긴 하다.

투신자살을 고려하던 시절 우리 집은 이 층. 남의 아파트에 가서 죽는 건 너무 민폐라고 생각했다. 그래서 대중교통으로 갈 수 있는 절벽 세 군데를 가봤는데 운 나쁘면 안 죽을 것 같아 보여서 그냥 귀가했다. 애초에 대중교통으로 갈 수 있는 절벽에 크게 기대할 수 없기는 하다. 이런 얘기를 남에게 하는 것은 '나랑 시간을 보내주고 놀아주고 애정을 줘!' 하는 외침이었지만 대부분은 그냥 듣고 넘겼다. 웃기도 했다. 가당찮은 요구였던 모양이다.

그때 불러내서 밥 사주고 얘기 들어준 친구들에게 언제나 깊이 감사하고 있다. 그런데 그 친구들도 내 문제를 해결해 주지는 못했다. 아무도 해결 못 해. 아직도 해결 못 했는걸. 나의 일이다. 피할 수 없다. '나의 삶은 나의 것'이라기보다는 '나의 할당량, 내 몫의 짐'이다. 딴청 피우지 말아야겠다. 마음 약한 건 속으로 처리하고, 웬만한 고생은 감수하겠다는 각오만을 드러내야겠다.

이런 결심도 수십 번째다.

오늘의 철학자

그동안 일일이 충격받았던 것 같다. 의미를 따져볼 필요도 없는 당연한 일들에. 그에 대해 되새기거나 생각하는 에너지와 시간만 줄여도 훨씬 덜 힘들겠다. 힘들고 싫고 괴롭고 피곤한 것을 삶의 당연한 일부로 여겨야겠다. 받아들여야겠다. 긍정한다는 것은 좋게 본다는 게 아니라 있는 그대로 받아들인다는 뜻인 것 같다.

"왜 모든 것은 없지 않고 있는가." 좋아하는 철학자의 책에서 이런 문장을 보고 관통당하듯 마음이 꿰이고 뚫렸다. 정말로 내가 늘 떨치지 못하는 의문점이자 불편감 그 자체였기 때문이다. 나는 왜 나인지, 스스로에게 또 내 삶에 익숙해지지가 않아서 그 까닭이 계속 궁금했다. 이러한 상태를 설명하기도 어려워 한동안 이 문장을 많이 인용했더니 왜 이렇게 억눌리고 꼬였냐는 말을 들었다. 망치처럼 직설적이고 단순한 질문인데…. 답

없는 걸 자꾸 물어서 그런가.

그래, 이런 질문은 깊이 있는 대답을 요구하고 또 그 대답은 삶에 큰 영향을 끼친다. 하지만 옛날에 철학자들은 노예를 부리던 사람들이었고, 우리는 아니잖아? 우리는 의미고 뭐고 사태를 있는 그대로 보고 반응해야만 할 때가 더 많다. 골똘히 생각하고 멈춰 서 관조하기보다는 그때그때 보이는 상황과 사실을 잠깐 믿고 몰두하다가 다음에 반성하고 바꾸는 수밖에 없다. 어차피 모든 것에 반응한다는 건 불가능한 일이다. 일이 잘 안 돼도 그렇구나~, 누가 날 거절해도 그런가 보다~ 하고 넘어가기. 정말 이제는 그렇게 하고 싶다.

삶에 실망하지 마십시오. 삶은 우리에게 아무것도 약속한 적이 없습니다. 그래도 헤맬 수 있을 때 행복합니다.

정신세계 인테리어

◆

좋은 것만 잔뜩 가지고 싶지만 그리 아니 되므로. 주어진 마음과 감정을 가지고 잘해봐야 한다. 상처 주지 않기 위해서도, 반대로 공격하기 위해서도. 그리고 무엇보다 나의 평안과 만족을 위해서.

나는 니가 싫은데 가끔 좋아. 혹은 나는 니가 좋은데 가끔 싫어. 음식은 엄청 맛있는데 뷰가 아쉬워. 혹은 뷰가 아쉽지만 음식은 엄청 맛있어. 재미는 있는데 진짜 너무 힘들다. 혹은 진짜 너무 힘든데 재미는 있다.

똑같은 사실들을 가지고 무엇을 앞에 두고, 무엇을 뒤에 둘 것인가. 뭐가 더 중요하고 뭐는 덜 중요한가. 오직 방점과 배치의 문제. 좋게 또는 나쁘게 생각하는 거랑은 다르다. 속옷을 입고 나서 겉옷을 입냐, 겉옷을 입고 나서 속옷을 입냐 정도? 그래 거의 이 정도로 다른 것 같다.

죽지 않아도 다시 태어날 수 있다

◆

나는 불교를 좋아하고 윤회를 믿는다. 해탈도 멋있어 보이고 진리를 깨닫고 싶은 마음도 있지만, 과거를 원망하고 후회하며 '다시 태어나서 처음부터 다시 잘해보고 싶다, 다시' 하는 생각이 제일 크다.

최근에 내 열등감을 엄청나게 자극하는 인물을 알게 됐다. 내가 못 해봐서 아쉽게 생각하는 일을 아주 성공적으로 해낸 모습을 봤다.

너무 심하게 멋있어서 내 마음은 조금 좌절하는가 싶다가 한 바퀴 돌아 평온해져 버렸다.

애초에 내가 그렇게 태어나지 않았고, 설사 그렇게 태어났다 해도 그렇게 살지 않았고, 신비한 물리학과 달리 나는 과거로 돌아갈 수 없다. 통곡할 수도 있을 것 같았지만 조금만 울었다.

바꿀 수 없는 과거의 일에 대한 원망과 집착은 아무 실효가 없다는 점에서 먼지보다도 쓸모가 없다. 그러면서도 무겁게 사람을 누른다. 털어낼 수 있다면 꽤 가벼워지리라. 버릴 수 있다면 멋있는 사람들을 질투 없이 진심으로 찬탄할 수 있을 것 같다.

부처님 말씀에 모든 것이 마음에 달려 있다고 하지 않았나. 하지만 내 마음은 여전히 옹졸하고 궁색하다. 이런 내 마음에 모든 것이 달려 있다니… 과연 큰일이다.

번거롭게 굳이 죽기까지 할 것 없이 그냥 다시 태어나자. 내 마음대로 그렇게 하고 싶다.

이소라

이소라는 '감성 숫돌'이다. 어떤 노래는 듣는 순간… 모든 촉수가 예민하게 일어서며 감수성이 날카로워진다. 열아홉, 스무 살 때의 날카롭던 마음이 확 살아난다. 가끔은 무척 필요하다. 힘들었지만 아름답기도 했던 시절의 감각이.

이소라가 부른 노래들 중 내가 가장 좋아하는 가사는 1996년 발표된 노래 〈기억해 줘〉에 나오는 "미워하지 마. 이해해 줘." 이 말은 '나의 어떤 점은 바꿀 수 없어, 그래도 널 사랑한다. 이해해 줘. 그렇지 않으면 슬프지만 우린 헤어져야지' 이런 의미고 이게 보통 사람들에게 실제로 가능한 사랑의 정도이리라. '뭐든 다 할게. 바꿀게. 널 위해' 이런 가능하지도 않은 맹세를 하지 않는다. 나를 잃어가면서까지 너를 사랑할 수는 없다, 그래서 슬프고 아프지만 어쩔 수 없다는 자기 파악과, 자기를 포기할 수 없다는 결정과, 안 되면 더는 어떻게 할 수가 없겠다는 결단이 있다. 너를 위해서라면 다 주겠다는 말보다 더 처연하고 진실하다.
그런 거, 안 되는 거 알잖아 사실.

번민을 여의는 종

절에 갔다가 '모든 번민을 여의는 종'이 있어서 줄을 섰다. 내 차례가 되어 종을 치려고 보니 천 원을 내야 했다. 모든 번민을 여의는 데 천 원. 천 원을 내고 모든 번민을 여의는 종을 쳤다. 당목이라고 하는 통나무를 뒤로 당겼다가 거기에 매달리듯 앞으로 밀어 종을 친다. 부딪히는 울림이 엄청나게 크고 시원하고 웅장했다. 이제 모든 번민을 여의었겠지. 그런데 종을 한 번 더 치고 싶어졌다. 천 원을 내고 한 번 더 칠 것인지 번민했다.

0.1희 0.1비

◆

일희일비는 '한편으로는 기뻐하고 한편으로는 슬퍼함' 또는 '기쁨과 슬픔이 번갈아 일어남' 등을 뜻한다. 일희일비하지 말라는 것은 하나하나 모든 일에 기뻐하거나 실망하지 말고 더 크게 전체를 봐라, 의연하고 담담하라는 뜻이다. 나는 작은 일에 쉽게 들뜨고 또 격하게 시무룩해지기도 해서 스스로 '일희일비도 못된다. 0.1희 0.1비 정도다'라고 생각해 왔다. 특히 어떤 하나의 일이 채 일어나기도 전에, 일어나려고 할까 말까 할 때, 일어날 기미만 보여도, 또는 0.1 정도만 진행되어도 미리 엄청 기뻐하고 슬퍼하기 때문이다. 헬스장을 하루 다녀와서는 10킬로그램을 뺀 것처럼 뿌듯해하고, 진짜 10킬로그램은 언제 빠질까 조바심치고 다음 날 가서 몸무게를 재보고는 실망하는 등.

하지만 0.1편과 0.1번이라는 건 없겠지. 어떤 일이 일어나는 데에 분수나 일부는 없다. 누구를 삼분의 일만큼 만남, 칠분의 일만큼 헤어짐, 삼분의 이만큼 때림, 오분의 이만큼 식탁을 구매함…? 톱으로 잘라야 할 것 같다.

그래, 어떤 일도 그 자체로 1이지, 0.1이나 삼분의 일 같은 건 없다.

아마 100점 중 70점, 2억 중 1억처럼 수량화해 파악하는 버릇이 있는 듯하다. 또는 목표한 일이 이루어지는 것만을 1이라고 생각하기도 한다. 하지만 '10킬로그램 감량'처럼 큰 것을 1로 하지 말고 '오늘 운동장을 30분 걸음'을 1로 치자. 그러면 대학 4년 중 1년을 다녔다고 사분의 일만큼 졸업한 게 아니라 한 학년을 마치는 일을 한 번, 또는 한 학기를 마치는 일을 두 번, 학교에 다녀오는 일을 수백 번, 수업에 들어가는 일을 또 수백 수천 번 한 것이다.

이렇게 생각하면 나도 일희일비한다고 할 수 있다! (0.1희 0.1비가 아니라.) 일희일비를 그만둘 자신은 아직 없다. 그래도 0.1희 0.1비보다는 열 배 큰 사람이 된 기분이다.

쌍방 선처

사랑하는 사람의 결점을 알아챌 때면 그가 그 점 때문에 다른 사람에게 무시를 당하거나 비웃음당할까 봐 지레 가슴이 아프다. 나는 너를 이해하니까 네 다른 모습을 많이 아니까 그것마저도 사랑스럽지만…. 니가 뒤돌아 걸어갈 때 누군가 킥킥거리거나 아예 대놓고 천덕꾸러기 취급을 하면 어떡해. 이런 마음이 들 때면 더 안쓰럽고 더 잘해주고 싶어지기도 한다.

하지만 또 늘 그런 것은 아니라서 진짜 너무 못나 보이거나 정이 뚝 떨어져 그에 대한 내 마음이 차갑게 식을 때도 있다.

문제는 이게 나 혼자 상대를 어떻게 생각하고 마는 문제가 아니라는 것이다. 내가 아무 생각 없이 단점을 드러내놓을 때 상대방은 그걸 어떻게 받아들여 줄까. 상대방 또한 평소의 가치관, 아니면 그 순간의 기분, 상황, 컨디션 등에 따라 다르겠지…. 엄중한 판결 앞에 선처를 비는 기분이 든다.

촌철 사랑

사랑하는 사람과 싸울 때 촌철살인적 비유가 떠오르곤 한다. 하지만 살인은커녕 민감한 부분을 건드리기도 너무 가슴 아파서 말하지 않는다. 나를 믿어서 나에게 이야기해 주었던 것들, 나와 함께 보낸 시간 속에서 보여주고 들려주었던 그 사람의 진실, 그중에 아픈 것 연약한 것 그런데도 드러낸 것을 도저히 그를 공격하는 데에 이용할 정도로 밉지는 않아서. 아직은.

자기가 옳고 이겼다고, 내가 틀렸고 졌다고 생각해도 어쩔 수 없다. 하지만 모든 것에는 한계가 있고 나에게는 기억력이 있어서 던지지 않았던 '촌철'이 다는 아니어도 꽤 저장되어 있다. 그리고 아마 상대방에게도 또 나름의 촌철들이 쌓여 있겠지. 그리고 동정심과 이해심도 있겠고.

가장 사랑하는 사람들의 견디기 힘든 점들도 생각을 해봤는데 하다 보니 미안해진다. 그래도 나에게 잘해준 적이 더 많은데. 잦은 하소연과 징징거림. 상식에서 벗어나기 쉬운 사고 방식. 자주 끊기며 여러 방향으로 튀는 대화. 약속 시간에 자주 늦음. 몸이 안 좋을 때면 연락 안 됨. 이상은 내가 생각하는 나의, 고치기 힘든 단점들이다. 물론 리스트는 더 길게 이어질 수 있다.

적고 보니 나의 단점은 심하다. 그럼에도 이해받고 있는 것이다. 단지 몇 명에게라도. 생각해 보면 정말 못 견딜 관계들은 어느 순간 자연스레 멀어진 채다. 단점들을 알면서도 밉거나 잘못할 때만 공격하고 싶다니, 평소에는 이해해 주고 있다니. 아무래도 이건 정말 사랑이잖아.

장례 희망

엄마　나 죽으면 그 화장장에다 알아서 처리해 달라고 해.
나　뭐를?
엄마　유골 그런 거.
나　저번에는 인천 어디 바다에 뿌리라며.
엄마　아, 그것도 괜찮은데.
나　할머니 돌아가셨을 때는 수목장 하라며.
엄마　그거 관리하고 찾아다니기도 보통 일이 아니야.
나　그래도 찾아갈 데라도 있는 게 좋다던데?
엄마　그건 그럴 수도 있어 또.
나　일단 죽고 나서 생각해 봅시다.
엄마, 나 (웃음)

아무래도 이런 건 패륜은 아닌 것 같다.

무제한 사랑

오늘 이런 말을 들었다.

"사랑에는 총량이 없죠."

"엥…? 사랑에 총량이 있죠…. 이 사람한테 잘해주느라 다른 사람한테는 그만큼 못 해주잖아요."

"그건 그렇죠. 근데 총량은 없다고 생각해요, 사랑에는."

"음… 내가 가진 마음이랑 돈이랑 시간이랑 다 한계가 있잖아요."

"돈이랑 시간은 그렇죠. 하지만 사랑은 그렇지 않아요."

"진짜요? 진짜로 그런가요?" 그렇다는 그 말을 듣고 싶어 몸이 달려들 뻔했다. 마음은 그렇다 쳐도 돈, 시간, 노동력, 체력이 다 한계가 있는데요? 그리고 사랑은 이것들로 이루어져 있는데요? 다른 연락 다 미루고 내가 가장 사랑하는 사람에게 답장하는 것, 아무리 많이 사랑해도 두 번째로 소중한 사람의 이야기는 조금 밀리는 것… 그래서 이 사람에게는 조금 더 줄 수 있고, 다른 사람에게는 적게 주거나 못 주는… 아니에요?

나는 모르는 진짜 사랑이 어디 따로 있는 것인가? 나에게 사랑을 줄 사람이 내게 더 이상 그 무엇도 줄 수 없거나 주지 않을 때에도, '그래도 저 사람은 나를 사랑한다'고 믿은 적이 있었던가? 표현되지 않고 마음속에만 있는, 그래서 받는 사람이 느끼지 못하는, 마음으로만 하는 사랑도 사랑인가 하는 오래된 의문. 나는 늘 내 돈과 시간과 에너지를 이리저리 재고 빠듯하게 계산하여 여기서 조금 떼어 저기에 쓰는데. 내가 너무 인색하거나 가난한 것일까.

혹시 총량이든 한계든… 그런 거 없는 사랑. 무언가로 드러나지 않아도 늘 거기에 있는 사랑 같은 것. 느껴본 적 있는 거냐고. 전화해서 물어보고 싶다. 지금 새벽 1시 36분인데.

태연한 이별

◆

한때는 매일같이 만나고 연락하던 친구가 어느새 뭘 하고 지내는지도 알 수 없게 된다. 무슨 특별한 계기가 있었던 것도 아닌데. 잠깐의 불편한 공기, 어색한 표정, 그런 것은 있었겠지. 차라리 어린아이들처럼 "너 싫어! 하지 마! 짜증 나! (네가 더 짜증 나거든!) 엄마한테 이를 거야!" 이렇게 분명히 말해준다면 쓸쓸함이 덜할 것이다. 화해하기도 더 쉬울 것이고. 하지만 그렇게 하는 건, 그런 모습을 보이거나 그런 에너지를 쓰는 건 귀찮았던 거겠지. 그러느니 조용히 다른 곳에 쓰기로 한 거겠지.

나도 자주 그러기로 한다. 관계를 끊거나 줄이기로. 여기에 이 사람에게 마음 그만 쏟자, 허비다, 괴롭고 손해다. 이렇게 정리하고 다잡던 밤들이 있었기 때문에. 잘 알고 있다.

그럼에도. 정작 나의 마음을 식히고 거둘 때에는 나를 수습하고 추스르는 데 급급해서 스스로 차갑다거나 내가 누군가를 끊고 있다거나 하는 생각조차 못 했으면서. 내가 평범하고 태연하게 밥을 먹거나 잠을 자거나 하는 동안 다른 누군가도 나에 대한 마음을 이렇게 식히고 거두었을 것임을. 이미 지나가 버린 나의 언행이 누군가에게 남아 마음과 관계를 조금씩 쪼아내 부술 수도 있음을. 언제 어디서 왜였는지는 내가 영영 알 수 없을 것이나, 분명히 있기는 있었을 것임을 깨닫는다. 서럽고, 외롭고, 슬프고, 무섭다.

내가 한 일 중 좋은 것도 있었다면, 부디 좋은 쪽으로 남아주었으면 좋겠다. 모든 시간의 긴장도가 끊임없이 1 정도 오르락내리락하는 기분이다.

이럴 때

◆

짧은 순간, 할 수 있다!는 자신감이 넘친다. 그러고는 곧바로 좌절하고 분노한다. 가슴이 짓눌리고 눈물이 나고 숨쉬기가 버겁다.

벽을 최대한 세게, 하지만 다치지는 않을 만큼 살살 치고 물건을 몇 개 집어 던졌다. 화가 많이 난 중에도 내 물건만 골라 집어 던졌다. 양심적으로.

귤 수십 개를 까먹고 선짓국을 사다 먹는다.

정말 좋다, 잘 썼다, 이렇게 쓰고 싶다, 싶은 소설을 발견했지만 다 읽어버렸다.

먹을 만한 떡볶이집을 겨우 발견했으나 이번 겨울에 이사한다.

마음이 가라앉지 않는다. 걷잡을 수 없이 이랬다저랬다, 여러 힘이 뒤섞인 채 휘돈다. 힘은 제각기 강해서 좀처럼 섞여 들지 않고 뒤엉켜 이리저리 휘돈다.

이럴 때에 부처는 뭐라고 했을까? 한낱 중생인 나는 다시 초콜릿, 젤리, 술, 매운 음식, 뜨거운 음식.

낭중지추

'주머니 속의 송곳.' 진짜 뛰어난 사람은 가려져 있다 해도 저절로 사람들에게 알려진다는 뜻. 예전부터 신경 쓰이는 말이다.

송곳이면서 튀어나오지 않을 수는 없다? 있지 않나? 송곳 끝에 뭔가 덮이거나 씌워져 뾰족함을 발휘할 수 없는 경우. 주머니 안에 뭔가가 가득 차 있는 경우. 송곳에 비해 주머니가 너무너무 크거나 튼튼하고 두껍고 질긴 경우. 어떤 자극도 움직임도 없이 주머니 안에 그야말로 들어만 있는 경우 등등.

혹~시라도 내가 그런 경우는 아닌가 온갖 궁리를 해보지만 나는 그냥 뾰족하게 뛰어나지 않은 게 맞는 것 같다. 어쩔 수 없다. 갖다 댈 핑계가 없다. 그래… 뭐… 꼭… 뾰족해야만 하나. 둥글 수도 있고… 무딜 수도 있는 거지. 길쭉하거나, 비정형이거나, 젤리일 수도 있지. 아니 그냥 뛰어나지 않아도 괜찮고… 괜찮지 않아도 별수 없지 않나.

아니 그게 아니라 다들 뾰족하면 주머니가 남아나겠나. 몇 명만 뛰어나서 뚫고 나가면 되지 않을까? 그러다 보면 주머니도 언젠가는 구멍이 나서 다른 것들도 다 빛을 볼 수 있다거나….

이상 송곳 아닌 자의 구구절절 희망 사항.

마음 8차선

◆

요 며칠 행복한 느낌이 든다. 길을 걷다가, 뭘 쓰다가, 초콜릿 먹다가 갑자기 어! 좀 행복한 것 같은데? 이런 말이 떠오른다. 그러고는 곧 미쳤나? 정신병인가? 갸웃거린다. 불안이나 우울에 대해서 말하기가 이제 지겹고 진부하기까지 하다. 충분히 징징거렸고 그랬는데도 딱히 나아지지 않으니까 이제는 징징대는 것도 그만둬야겠다 싶을 즈음 마음이 조금 나아졌다. 하지만 행복한 느낌이 영 어색하다. 약간 민망한 듯도 하다.

안 좋은 일은 세상 곳곳에 언제나 가득하다. 하지만 내가 불의에 투쟁하는 것도 아니고, 누군가에게 어떤 도움도, 천 원도 주지 않으면서 혼자서 죄책감을 느끼는 것은 아무런 의미가 없다. 이런 애들이 꼭 남들 놀 때 갑자기 공부한다.

기쁠 때 기뻐하고 슬플 때 슬퍼해야지.

아니 실은 오래 함께한 우울과 슬픔에도 정이 들었다. 우울과 슬픔은 내 친구…. 하지만 밝거나 행복한 감정도 역시 필요하다. 각각을 잘 느끼기 위해서라도 서로 조금 떨어뜨려 놓는 게 좋을 거 같다. 마음의 구역을 잘 나눠야 한다.

마음 조심

입조심, 말조심하라고들 하지만 가장 조심해야 할 것은 마음이다. 말에 소리 이상의 의미가 있는 것은 거기에 마음이 담겨 있기 때문이다. 입은 잠시 열려 마음이 새어나가는 틈일 뿐. 마음에는 감정이 담겨 있고 감정이야말로 너무나 실질적이고, 때로는 물리적 힘보다 더욱 강력하다. 그래서 마음이 담긴 말에 그렇게나 상처를 받는 거다. 나에 대해 그렇게 생각했구나. 나에 대해 그렇게 생각하다니. 나쁜 마음이 안 들면 가장 좋겠지만. 그러기는 왜 이렇게 어려울까. 욕, 흉, 원망이 불쑥불쑥 찌르듯 튀어나온다. 마음은 무심코 들키기도 너무나 쉽다.

상처 우려먹기

◆

상처는 사람을 존엄하게 한다, 깊어지게 한다, 성숙하게 한다…는 믿음과 기대로 상처는 약간 기꺼워지지만, 그 때문에 오히려 스스로를 거듭 상처 내거나 상처로 망가지기만 하는 경우도 있다. 글을 쓰는 사람은 주위 사람이 들어주거나 소화해주기 힘든 그러나 꼭 하고 싶은 이야기가 있다. 그리고 이 중 어떤 건 상처이기도, 상처와 복잡하게 얽히고설킨 피와 살이기도, 그 위에 쌓인 시간의 더께이기도, 상처를 덮은 껍데기이기도, 곪아가는 덩어리이기도 하다. 쓰면서 이해하고 잘못된 매듭을 풀고 새로 살을 찢거나 뭉친 것을 끊거나 고름을 닦아내고… 그러면서 작가는 상처를 여러 번 쓴다. 하도 우려먹어서 곰탕이 되겠다고 스스로 웃는다. 하지만 그것도 잘돼야 곰탕이다. 썩은 것 상한 것 못쓰게 된 것은 폐기의 대상일 뿐. 잘 우려내지고 고아진 상처의 영양가. 쓰는 이도 읽는 이도 이것을 원한다.

못 잡은 물고기 같은

◆

삶이 혼란스럽고 내가 누군지 뭐가 뭔지 모르던 때. 아이슬란드에 가면 꼭 자아를 찾을 수 있을 것만 같았다. 갔다 온 사람이 "흠, 글쎄 그건 쫌 음?" 이래도 기어코 가봐야 속이 시원할 것 같았다. 결국 지금껏 아이슬란드에 가보지 못했는데 종종 내가 찾지 못한 나의 자아가 오로라 아래서 외롭게 나를 기다리고 있는 것 같은 기분이 든다. 마치 아이슬란드에 안 가서 자아를 못 찾은 것만 같다.

나의 문제는 바로 내가 해보지 않고 가져보지 않은 그것 때문이라는 생각이 들 때가 있다. 그것만 있다면 많은 문제가 해결될 것만 같다. 내게 없는 그것이 내가 도저히 가질 수 없는 것이라면 한숨만 나온다. 내가 초미녀가 아니라서… 재벌가 자식이 아니어서… 나이가 많이 들어서…. 다시 태어나는 수밖에 없지 않나. 그러니 가져볼 수도 있을 법한 약간 먼 것으로 주의를 돌린다. (아이슬란드라든가….)

그래 '아이슬란드'에 가야 '자아'를 찾을 수 있다고 치자. 그럼 일단 가능한 전개는 네 가지다.

1. 아이슬란드에 간다. 거기서 자아도 찾는다.
2. 아이슬란드에 간다. 거기서 자아는 못 찾는다.
3. 안 간다. 한국에서 자아를 찾아보려 노력한다.
4. 안 간다. 한국에는 내 자아가 없다고 생각하면서 계속 불만인 채로 아이슬란드를 꿈(만) 꾼다.

생각해 보니 나는 4번의 상태다. 돈과 시간이 생기면 다른 데에 솔솔 쓰고서는 아이슬란드에 못 가서 자아가 없다고 징징대고 있다. 왜 이러는 걸까.

내가 가진 것에 불만을 가지기로 작정하면 지금 가진 것은 시시해지고 '못 가진 것'의 장점이 부각된다. 내게 없는 그것의 단점은 흥미로운 매력, 극복해 볼 만한 재미있는 도전처럼 보인다. 하지만 이렇게 달떠 있을 때 이미 내 것인 일상은 잘 가꿔지고 있나? 내팽개쳐지거나 바싹 말라 있지 않고? 내게 없어서 멀어서 더 좋아 보인다면. 지금 가지고 있는 것은? 완전히 변함없이 나의 것인가? 절대 잃을 일이 없나? 그렇지도 않은 것을.

비록 보잘것없다 할지라도 자신에게 겨우 주어진 것을 소중히 간수하며 살아가는 게 대부분의 사람의 진실이다. 그러니 4번은 안 좋은 선택지고 그만두고 싶다. 하지만 3번도 영 잘되질 않는다. 지금 가진 것들로 어떻게든 문제를 해결하는 게 내게 없는 것에 집중하는 것보다 어려운 것도 사실이다. 지금 여기서 열심히 자신에 대해 생각해 봐도 잘 모르겠으니 답은 역시 아이슬란드인가.

나의 자아는 어느새 비행기를 타고 그렇게 멀리 이동한 것일까? 왜 내 곁에 있지 않고…. 어딘가에서 결국 만난다면 비행기를 타고 나와 함께 와줄까? 자아를 찾으면 나는 또 다른 걸 찾아 나설까? 나는 그냥 어디로든 떠난다는 상상에 만족하는 걸까? 나는 나의 자아를 찾는 걸, 이게 나다, 라고 느끼는 걸 두려워하고 피하는 걸까? 자아 같은 것을 막상 찾고 느끼게 되면 외면하는 건 아닐까?

아이슬란드에 간다면 적어도 여행은 할 수 있겠지. 오로라도 보고 백야도 보고. 아마 거기서 자아를 찾든 못 찾든 나는 또 다른 곳을 상상할 것이다. 빙하 옆에 서 있는 나의 자아. 기린과 사자 사이에 있는 나의 자아. 갠지스강 물속의. 사막의 모래 폭풍 속의….

케이크의 크림,
비빔냉면의 양념

'사랑하다'라는 말의 사전적 의미에는 세 가지가 있다. "몹시 아끼고 귀중히 여기다, 아끼고 소중히 여기거나 즐기다, 남을 이해하고 돕다." '즐기다'는 의외지만 나머지 뜻들은 흔히 사랑이라고 할 때 드는 감정과 비슷하다. 일방적으로도 가능한 행위이기도 하다.

그런데 어떤 대상을 아끼고 귀중하고도 소중히 여기며 즐기면서도, 그러니까 사랑 같은 걸 하면서도 동시에 질투하는 일이 의외로 많다. 까딱하면 탓하고 미워하게 되기도 한다. 나의 이 커다란 마음을 받아주지 않다니…. 제 마음의 무게에 시달리고 이리저리 돌고 부딪다가, 헛스윙에 넘어진 타자처럼 혼자 다친 후 화가 날 수 있다. 상대가 그런 게 아니라 내 마음이 그런 건데도.

좋아하고 원함에 의해 약해지고 끌려가고 내 삶의 상당 부분을 쓰게 되는 데 대한 원한이 생길 때, 반의어로 제시된 '미워하다, 증오하다, 혐오하다'와 어찌 이렇게 가깝게 연결되는지. 그리고 이러한 경우 정말 사랑이었을지. 글쎄, 알지 못하고 하는 사랑도 사랑일까? 또는 아무런 티도 안 나고 상대에게 전해지지도 않는 사랑도 사랑일까? 상대가 원치 않고 싫어하는 것을 주는 것도 사랑일까?

몇 번이나 이런 '사랑'을 했었던 괴로운 기억은 그만 떨치고 세 번째 의미의 사랑을 살펴보자. 남을 이해하고 돕다, 이것은 상대의 허가와 보여줌, 그리고 함께한 시간과 대화 없이는 어렵다. 이해하려면 뭔가를 알아야 하고 정보를 얻어야 하기 때문이다.

'이해하다'라는 말은 "깨달아 알거나 알아서 받아들이다, 남의 사정을 잘 헤아려 너그러이 받아들이다, 사리를 분별하여 해석하다" 등의 뜻이 있다. 그야말로 구구절절 은혜가 넘친다. '알아주다'는 "남의 사정을 이해하다, 남의 장점을 인정하거나 좋게 평가하여 주다, 어떤 사람의 특이한 성격을 다른 사람들이 인정하다" 등의 뜻이 있다. 이해하고 인정하다. '알다'만 해도 지식을 가진 것을 넘어 그에 대해 느끼거나 깨닫는 심오한 사태를 말한다.

안다는 게 이렇게 대단한 거였어. 사랑의 핵심인가도 싶다. 우리는 눈에 보이는, 쉽게 알 수 있는 아홉 가지를 알아주는 사람보다도 다른 이들이 몰라주는 하나를 알아주는 이가 머리처럼 심장처럼 간절한 것이다. 다른 9도 없이는 못 살지만 이

1이 나의 핵심, 문의 손잡이, 펜던트의 고리, 케이크의 크림, 곱창전골의 곱창, 비빔냉면의 양념일 것이기 때문이다.

엄마는 나를 너무 좋아한다

엄마는 나를 마흔에 낳았다. 80년대에는 꽤 늦은 나이였다. 내가 성인이 되는 거나 볼 수 있을까 걱정이 많았다고 한다. 누가 엄마에게 내 엄마냐 할머니냐 물어보는 게 그렇게 무섭고 싫었다고 한다. 해맑게 선을 넘는 사람이 많았나 보다.

내가 성인이 된 지도 십수 년이 지났다. 엄마는 이제야 내 걱정을 조금 덜 한다. 전보다 나를 더 편하게 대하고, 나를 더 대놓고 좋아한다. 늦게 딸 하나를 낳았더니 전화도 해주고 스마트폰이랑 카톡도 알려주는 게 그렇게 뿌듯할 수가 없다는 표정이다. 내 얼굴을 보고 싶어서 그런지 이메일 보내는 방법은 배우지 못했으면서 영상통화 거는 방법은 기어코 배우고 말았다. 자꾸 영상통화를 건다….

나도 엄마가 좋지만 엄마는 나를 훨씬 더, 너무 많이 좋아한다. 그게 나는 약간 부끄럽고 어색하다. 이런 일방적이고 불균

형한 관계라니. 내가 그렇게 훌륭한 딸도 사람도 아닌데. 민망하달까 열없달까. 게다가 엄마가 나를 너무 좋아하니까 나보고도 자식을 하나 낳아서 자기가 날 좋아하듯 좋아하라지 않나. 난 누구를 엄마가 날 좋아하는 만큼 좋아하기는 힘들어서 못 견딜 것 같다. 어려운 거 시키지 마요…. 혹은 받은 만큼 나도 주어야 하는 것이 세상의 섭리인가. 이러는 내가 도둑놈 심보인지?

엄마가 나에게 주는 것들은 설사 내가 원치 않는다 해도 대체로 사랑에 의한 것이기는 하다. 하지만 세상에는 엄마만 있는 게 아니잖아. 엄마는 한 명이고 나머지는 나를 약간 좋아하거나 다소 싫어하거나 나에게 무관심한 사람들이지. 내가 받는 모든 부정적 감정보다 엄마의 사랑이 더 클까. 그게 어떤 사랑이든, 그럴 수도 있겠다 싶다, 놀랍게도. 하지만 엄마가 나를 성인이 될 때까지 키울 수 있을지 걱정했듯이 아이에게 얼마나 사랑을 줄 수 있을지는 확실하지 않은 일이지.

엄마랑 통화할 때마다 많은 생각이 든다.

젖은 소매

엄마의 사랑은 때로 짐승 같다. 절절함이 몸으로 직접 전달돼 아, 내가 피구나, 살이구나 싶어지는, 체온과 같은 사랑이다. 내가 엄마의 어깨와 팔다리를 주무르면 시원해하면서도 아깝다는 듯 그만하라고 한다. 손이 닳으면 어쩌냐는 듯이 내 손을 주무른다. 닳지 않아요…. 아니 조금은 뭐가 닳을 수도 있겠지만 엄마가 기껏 만들어줬는데 어딘가에는 써야 하는 몸 아니겠어요….

십 년도 넘은 일이다. 씻고 자려고 이불을 덮고 누워 있는데 엄마가 와서는 내 손을 잡아보더니 잘 자라고 했다. 그리고는 내 잠옷 소매를 바깥쪽으로 접어주었다. 세수하느라 젖은 소매가 내 손목에 닿지 말라고. 나는 소매가 젖은 줄도 모르고 있었다.

찬바람이 불고 긴소매 옷을 꺼내 입는 시기가 되면 유독 이 일이 자주 떠오른다.

손목에 젖은 소매의 물기가 느껴지면 바로 그 순간으로 돌아가는 듯, 엄마가 곁에 있는 듯하다.

자식에 대한 엄마의 마음은 그런 것일까. 자식의 몸에 젖은 옷이 닿는 것도 신경 쓰이는 것일까. 엄마의 사랑은 크고도 촘촘하고도 농밀하게 내 삶을 감싼다.

너는 할 수 있어

누가 나에게 "할 수 있어요!"라고 말해주었다. 자신감이 부족한 나는 그런 말이라면 무릎 꿇고 부탁해서라도 듣고 싶었는데, 막상 듣고 보니 그저 소리에 지나지 않았다. "할 수 있다!"고 아무도 말해주지 않는 것도 자신감을 가지는 데에 도움이 되지 않지만, 누가 "할 수 있다!"고 말해준다고 없던 자신감이 생기는 것도 아니었다. 혼자서 이런 생각을 하며 약간 속이 상했달까 시무룩했달까.

그리고 피아노 학원에서였다. 아홉 살쯤 되는 아이가 선생님께 종종거리며 달려오더니 한 손으로는 눈물을 닦고 다른 손은 높이 들어 올리고 말했다.

"여기 찧어서 아파요."
"어디 봐. 많이 아파?"

"네."
"참을 수 있겠어? 참고 해봐."
"네."

응? 아이는 울던 기세와 딴판으로 순순히 대답했다. 참고 하라고 하면 참을 수 있는 거였다면, 왜 와서 하소연했을까. 알아달라고?

네, 라고 대답한 자신감은 어디서 온 걸까.

누가 알아줬음 좋겠다는 거지. 역시.

가만 보니
모두가 귀엽다

달리는 기차에서

귀엽네

아니면 모른다

#스타벅스

하고 싶은 일, 해야 하는 일

민주 강퇴

여자 축구 시합 구경

육십 년 만에 중학생

아침 7시

괴로운 사람을 보는
괴로운 사람의 괴로움

욕

불가마 체험기

어느 여름날

밤에 스친 사람들

더우면 블라디보스토크에 가든가

군밤

아이스크림 가게에서

깨끗해요

송년회

달리는 기차에서

기차에서 손자 손녀가 있을 나이의 여성분이 옆에 앉으면 먹을 것을 나누어주실 때가 많다. 어떤 분은 혼자 기차를 타면서 삶은 달걀과 바나나, 강정, 누룽지에 김밥 한 줄 그리고 음료수도 한 캔 가지고 있었다. 어쨌든 혼자만 먹는다는 것은 이 세대 분들에게는 있을 수 없는 일인 듯하다. 결국, 주시는 대로 다 받아 먹는다.

내 신상 정보도 조금 나누고, 상대방의 이야기도 꽤 듣게 된다. 오늘은 본인과 남편의 형제자매 이야기. 누구는 공부를 잘했는데 고생만 하다 일찍 죽었고 누구는 밖으로만 돌더니 그 자식은 똑똑해서 뭐가 됐다고. 조카가 임신을 해서 반대하는 결혼을 했는데 그 자식이 누구를 닮아 어떤 재주가 있다, 키가 훤칠하다는 이야기도. 통성명은 하지 않지만 내릴 때는 감사히 잘 먹었다, 안녕히 가시라고 살뜰히 인사하며 헤어진다.

완전한 타인끼리, 얼굴도 제대로 보지 않은 채 나누는 이야기들은 때로 굉장히 재미있고 소설이나 영화 같기도 하다.

이런 이야기를 듣고 나면 삶에 얼마나 이야깃거리가 많은가, 하는 생각이 든다. 이러저러한 생김, 성격, 사건, 경험 등으로 인해 이러이러하게 되었다는, 저마다 다르게 해석하고 이해할 수 있는 이야기가 정말로 얼마나 많은가 말이다.

삶의 수많은 순간들이 흐릿한 인상만 남긴 채 모래알처럼 낱낱이 흩어진다. 끝없이 지나가는 사건과 장면들 중에 무엇을 기억하고 어떻게 연결해 어떤 이야기를 만드는가가, 실제로 어떤 일이 일어나는지보다도 중요할지 모르겠다. 누군가가 평생 잊지 않고 죽을 때까지 간직하는 일을, 함께 겪은 다른 이는 기억조차 못 하기도 한다.

게다가 삶은 너무 빨리 지나가 버린다. 그 헛헛함에 소스라치기도 하고 깊은 밤 몸을 뒤척이기도 한다. 그럴 때면 바로 이 순간에도 흘러가고 있는 현재를 연결시킬 장면과 맥락을 찾아 지난 기억들을 뒤적인다. 황망히 떠다니는 찰나들을 간절히 붙잡아 꿰어낸 이야기들이 자신의 정체성이 되고 삶의 의미가 된다.

귀엽네

구 년 전 어떤 사람이랑 경복궁인지 창덕궁인지로 매화 구경을 갔다. 꽃이 많이 피어 있었는데 일행은 매화가 무슨 벚꽃처럼 피었냐고 불만스러워했다. 고고히 한 가지만 피어 있어야 했나 보다. 그 아래에서 참새들이 모래밭에 부리를 찧으며 뭘 먹는 듯이 하고 있는데 먹을 것이 있어 보이지는 않았다. "저기 먹을 게 있을까요?" 하고 무심결에 물으니 "먹을 게 있으니 저러는 거 아니겠니? 누구에게 보여주려는 의도가 있지 않고서야 저럴 이유가 있겠니? 참새한테 그럴 의도가 있겠니?" 하는 것이었다. 그런가. 콕콕 땅에 부리를 찧던 참새도, 참새의 의도에 대해 또박또박 잘 따지던 일행도 지금 생각하면 귀엽다. 자의식 없이 무슨 의도 없이 꼭 그래야 해서 하는 행동이 귀엽다.

하지만 다소 불퉁스러운 귀여움도 있다. 한 지인의 아버지가 부자에 권력자에 유명인이기에 내가 신기해하며 댁에서는 어떠신지 물으니 살찐다고 밤마다 곤약을 간식으로 드시는데 곤약이 준비가 안 되면 불같이 화를 내신단다. 나는 그 인물을 검색해 보았다. 70대로 엄청나게 무섭고 불퉁스러운 표정…. 과연 권위자의 얼굴이란 이런 것인가, 싶을 정도였는데 집에서는 마누라에게 곤약을 내놓으라며 엄중히 징징대는 것이다.

'귀여움'에 대해서는 늘 이 두 가지 장면이 떠오르지만 딱히 결론이 나지 않는다. 대강 둥근 편이 귀엽지 않나 싶을 뿐.

아니면 모른다

남편은 왼손잡이다. 종종 “어쩌다 왼손잡이가 됐어?” 같은 말을 듣는다고 한다. 이렇게 이상한 사람은 많지 않고, 말하는 사람은 한 번이라고 해도, 듣는 사람은 평생이다. “그냥 물어본 건데?” 하고 별 악의가 없을수록 오히려 더 듣는 사람에게 “나는 왜?” 라는 의구심과 불안감을 준다. 내가 문제 아냐? 라는. 소수자의 입장은 어느 정도 이해하고 있고, 나도 겪고 있고, 꽤 알고 있는 편이라고 생각했지만 왼손잡이로서 힘들어하는 데에는 솔직히 크게 감정이입이 되지 않았다. 문제 자체를 모르는 느낌으로, 그냥 불편하다고 하고 화를 내니 그렇구나…. 그런 일로? 그런 일도? 그 정도로? 싶기도 했다.

남편이 어제도 누군가에게 왜 왼손을 쓰냐는 이야기를 들었다며 화를 내기에 뭐라고 대답하면 좋을까 궁리했다. 여러 사람이 식사할 때 왼손잡이에게 왼쪽에 앉겠냐고 물어보는 건 혹시 어떻겠냐고 물었다. 내 딴에는 나름의 배려가 아닐까 싶어서 물어본 것인데 대답은 "이미 알아서 늘 왼쪽에 앉고 있다"는 것이었다. 게다가 부서에 본인 포함 왼손잡이가 세 명인데 늘 셋이 왼쪽으로 나란히 앉는다고. 오른손잡이가 왼쪽에, 왼손잡이가 오른쪽에 앉아 국수를 먹으면 팔이 서로 부딪혀서 불편하다. 이때 누가 누구한테 뭐라고 하느냐, 그게 문제다.

티 나지 않게 자신들끼리만 아는 레이더망이 있는 것이야말로 소수자의 특성이다. 그들에게는 저절로 그러나 은밀하게 서로를 알아보고 자기들끼리만 주고받는 행동이 생긴다. 남녀공학에서 여자아이들이 생리대를 몰래 빌려주고 받거나 브래지어 끈이 보일 때 알려주거나 생리혈이 새지 않았는지 살펴봐 주는 일들은 비밀스러우면서도 잘 짜여 있다.

누구나 제 일이 가장 중대하고 제 아픔이 가장 크겠지만. 다른 사람의 입장을 이해하려는 노력 정도가 최선이라고 생각했지만. 그렇다 쳐도 왼손잡이에게 왼쪽에 앉겠냐고 물어보는 건 어떻냐는 나의 질문이 얼마나 몰이해하면서도 베푸는 척하는 것이었는지. 이미 진작부터 그렇게 하고 있다고~.

그 입장이 아닌 사람들은 드러내놓고 편하게 행동해도 되니까 비밀스러워질 필요가 없고 신경 쓸 것이 없다. 그러니까 모른다. 오른손잡이인 내가 왼손잡이의 행동을 몰랐듯이. 내가 아무 생각 없는 중에 왼손잡이들이 왼쪽으로 모여 앉은 일이 있었을 것을 생각하니 모든 식사 자리의 기억이 새삼스럽다.

#스타벅스

카페에서 주로 글을 쓰다 보니 듣고 싶지 않아도 많은 이야기를 듣게 된다.

어머니를 요양원에 입원시키고 돌아오는 길의 60대 자매들이 앉은 테이블. 자매간 갈등. (눈물) (곤란해하며 자리를 정리하고 싶어 한다. 자꾸 이야기를 대충 마무리하려 하고 가자고 한다.) (하지만 울분이 남은 사람이 자꾸 이야기를 계속한다.) (격앙된 목소리)

자살 시도하고 병원에 누워 있을 때 친척들, 엄마의 종교 쪽 사람들이 병문안 온 이야기.

"명절에는 여자들 일하기 좋으라고, 맘 편히 일하라고, 도와주려고 카페에 와준" 20내에서 70대 남자들 아홉 명이 앉은 테이블. (조금 이야기하다가 곧 각자 스마트폰을 본다.)

고모랑 엄마가 싸워서 생긴 문제를 해결하려고 딸이 부모를 스타벅스로 불렀는데 TV 보러 들어가야 한다는 아빠. (엄마와 딸은 울고 있었다.)

생리 시작해서 생리통 때문에, 사정 있다고 하고 소개팅 날짜 미루자고 했더니, 무슨 일이냐고 계속 묻는 거야. 말해달래. 그냥 얼버무렸더니 괜찮다고 말해달래. 알고 싶댔나 궁금하댔나. 서너 번 계속 물어봐서 그냥 말했더니 자기한테 그런 얘길 하면 어떡하냐. 그래서 말 안 하려고 했는데 계속 묻지 않았냐고 했더니 그래도 다른 핑계를 대든가 해야지 이건 아니라는 거야? 하… 나가자. (담배를 들고 나간다.)

수년 만에 만난 20대 남자들. 고등학교 동창. 노량진에서 만났던 이야기. 지금 이 시간이 아깝지만 사실 나중에 보면 그렇게 중요한 시기도 아니다. 난 이미 평생 할 고생 다 한 것 같다. 학생 때가 짱이다. 사실 내가 그때 다단계에 빠져 있다가 얼마 전에 빠져나왔다. 그때 너한테도 소개하려 했다. 알고 있었다. 네가 갑자기 만나자고 하고 뭔가 다른 일이 있는 것 같았다. 너 공부하고 어려운 거 보니까 차마 말 못 했다. 누구랑 누구랑 누구는 연락했었고 그중 누구는 같이 했었다. 고맙다. 배려해 줘서. 어떻게 됐냐? 고생하다가 나왔다. 근데 진짜 월 800 버는 사람도 있다. 지금도 잘하는 사람도 있냐. 모르겠다. 예쁜 애들이랑 같이 생활해서 좋았다. 예쁜 애들은 지금도 잘 사는 것 같다. 여자는 얼굴이 짱이다. 예쁜 애들 많았냐? 연락되는 애들 있냐? (담배 피우러 나간다.)

하고 싶은 일, 해야 하는 일

어떤 아이들은 피아노 학원 문을 열고 들어오면서부터 "선생님 저 오늘 사십 분만 할래요" 하고 외친다. 원래 수업 시간은 오십 분. 조금만 하고 싶은 거다. 선생님이 옆에서 지켜보지 않을 때면 멍하니 보내기도 하는 듯. 어려운 곡 중간에 갑자기 '도레도레도레 미미미미파파파파' 이렇게 손가락을 놀리는 소리도 들린다.

모차르트를 치는 중학생이 있다. 교복을 입고서 매번 지치고 찌푸린 얼굴로 들어온다. 많이 찌푸리기조차 귀찮다는 듯 얼굴 전체를 얕게 찌푸리고 있다. 중학생이면 최소 10대 중반, 어른처럼 할 순 없으면서 어른만큼 괴롭기는 한 시기다. 거의 매일같이 대충 치거나 선생님이 닦달을 해야 조금 열심히 치는데 건성인 것이 귀로 들린다. 그런데 요 며칠 선생님이 그 학생에게 왜 아직도 안 갔냐고 묻는다.

조금만 더 치고요.
한 번만 더 치고요.
아 조금만 이따가요.

시험 기간인 것이다. 공부만 아니면 무엇이든 즐거워지는 때다. 해야 하는 일이 있다는 사실만으로 다른 모든 것이 재밌어진다. 누구나 이렇다고 한다. 정말 당연하고도 신기한 일이다. '해야 함'은 그만큼 괴로운 무게다. 가장 하고 싶던 일조차, 해야 한다는 의무감이 생기는 순간 재미가 떨어진다. 편히 누워서는 얼마든지 꼼짝하지 않을 수 있을 것 같지만 시간을 정해놓고 그때까지는 못 일어나게 하거나 몸을 따라 선을 그어놓고 조금도 벗어나지 말라고 하면 즉시 뻐근해질 것이다.

모두가 열심히 살아야 한다고 생각하는 것 같다. 자기 계발이나 나아지고 싶다거나 오늘 하루를 잘, 쓸모 있게 보내야 한다는 생각은 거의 강박이 된 것 같다. 힐링이나 휴식조차 '제대로' 해서 충전이라든가 에너지를 얻는다든가 생각을 전환한다든가 그런 의미가 있어야만 할 것 같고. 누구와 하는 건지도 모를 평생의 경쟁이 내면화되는 것 같다. 당연히 열심히 살고야 싶지만, 열심히 살아'야 한다'가 되는 순간 역시 힘들어진다.

그저 내가 하고 싶어서 열심히 할 때는 나 혼자 즐길 수 있다. 하지만 그게 '일'이 되면 이런저런 조건과 제약이 생기고 평가를 받는다. 좋아하는 일을, 잘하게 되어서, 그걸로 돈도 번다!는 건 모두의 꿈이지만 대가를 받고 일하게 되면 그저 재밌고 마음 편할 수만은 없다.

그렇다 해도 너무 짓눌리지 않게 조금은 더 즐겁게 하고 싶다. 꿈에 그린 몰입의 순간에는 마치 어떤 대가도 의무도 없는 것처럼 즐겁게, 너무 하고 싶어서 할 수도 있을까. '너무 하고 싶어서' 하는 것도 사실은 자신의 욕구에 쫓기는 거다. 다만 그게 즐거운 거지. 마감 시간보다도 강력한 원동력… 가끔 있다. 그러니까 마감 시간 같은, 외부의 것에 쫓기는 것은 싫고 나 자신의 마음, 욕심에만 쫓기고 싶다, 이런 말도 안 되는 욕심을 버리면 될 일이다. 될까?

오늘 그 학생의 모차르트가 얼마나 열성적이던지.

민주 강퇴

한창 인터넷 게임에 빠져 있을 때였다. 어느 방에 모여 단체전을 하기도 했고 상대방을 공격하거나 방해할 수 있는 아이템을 쓰기도 했다. 같은 색의 캐릭터를 네 개 이상씩 연결하면 한 덩어리가 되면서 없어지는 그런 단순한 게임을 매일 몇 시간씩 했다.

실생활에서 누가 째려만 봐도 가슴이 내려앉는 쫄보이기 때문에 특히 남한테 들킬 수 있는 나쁜 짓이나 꼼수는 늘 멀리하는 편이다. 이건 온라인에서도 마찬가지여서 댓글 창의 소소한 이견에도 벌벌 떨며 모든 갈등을 피하려 한다. 게임을 할 때도 마찬가지로 조심하고 있다고 생각했는데 어느 날 게임방에서 자꾸만 강퇴를 당하는 것이었다. 그것도 사람들이 방장에게 나를 신고하고, 나를 지목해 강퇴 요청을 하고, 그에 대한 투표도 이루어지고, 방장의 선택이나 또는 다수결에 의해 내가 강퇴당하는 과정이 실시간으로 중계되었다.

나는 물론 너무 당황스럽고 무섭고 괴롭힘당하는 기분이었는데 그래도 이 방, 저 방 들어가며 게임을 계속했다. 그리고 종종 강퇴당하기를 거듭한 뒤에야 '노템방'이라는 걸 알게 됐다. 아이템 사용 안 하는 방. '노템방'이라고 쓰여 있어도, 다른 수많은 말들도 함께 쓰여 있었기 때문에 나는 그게 뭔지도 모른 채 온갖 아이템을 써서 상대를 공격하거나 방해하면서 게임을 했다. 그 꼴이 남들에게 얼마나 진상이었을까. 그때의 식은땀과 소름은 꽤 역대급이었다.

언제까지나 내 일로 여기기에는 충격이 너무 크고 생생했던지 슬그머니 남의 일처럼 취급하게 됐다. 그리고 이제는 누가 엄청 꼴사나운 짓이나 큰 잘못을 공공연히 하는 걸 볼 때면 오, 저 사람은 지금 모르고 있을지도 몰라! 이러면서 내 맘대로 불쌍히 여기고는 한다.

사실은 그게 아니고… 하면 안 되지만 허용되는 게 어쩌면 있을지도 몰라. 노템방에서 꼴사납게 굴긴 했지만 나만 강퇴당했을지도? 조폭이랑 손잡은 부패 경찰이나 뭐 그런 경우도 있으니까…. 하면 안 된다고는 하지만 많이들 하고 있는 잘못도 있지 않을까? 있지 않나? 있잖아! 있지 있지! 있겠지! 이렇게 억울해하며 음모론에 빠지다가도 역시 막연해진다. 있다 해도… 내가 어떻게 알겠냐고…. 그러고 보면 공개 투표 강퇴는 매우 투명한 민주적 절차였나.

여자 축구 시합 구경

버스를 타고 가면서 그동안 시도했던 운동을 꼽아봤다. 요가와 수영은 꽤 했다. 스쿼시와 복싱 그리고 발레도 좋아했지만 발이 약해서 다 금방 그만두었다. 그런데 축구라니. 과연?

그래도 꼭 한번 보고 싶었다. 축구 하는 여자들을. 초등학교 때 이미 운동장에는 남자애들이 훨씬 많았다. 여자애들은 쉬는 시간에는 고무줄놀이를, 체육 시간에도 피구를 주로 했다. 축구 하는 남자애들을 부럽게, 남의 일처럼 바라봤다. 공을 따라 뛰고 발로 차고 넘어지고 부딪치고 골을 넣고 엄청 힘찰 기회를 나도 한 번은 가져보고 싶었다. 그래서 여자 축구 동호회에 견학을 가기로 마음먹었다.

H 여중에 도착했다. 저녁 7시 반. 날은 완전히 저물어 어두웠고 추웠다. 축구장이 꽤 넓고 인조 잔디도 잘 관리되어 있었다. 유니폼을 입은 사람들에게 머뭇거리며 다가갔다. "견학 연

락드렸던…” 하는 나를 반갑게 맞아주었는데 눈빛 등이 힘이 넘쳐 보였다. 유니폼 때문일까?

따뜻한 차를 한 잔 받아 마셨다. 몸을 푸는 연습을 한 후 여중 축구부와의 경기가 시작됐다. 유니폼 때문이 아니라 사람들이 정말 힘이 넘쳤다. 경기는 전반 삼십 분 후반 삼십 분이었다. 축구 경기를 직접 본 건 처음이었다. 내용은 잘 이해하지 못했지만 어디로 어떻게 움직이라는 의사소통을 많이들 했다. 축구를 하려면 목소리도 커야 할 것 같았다. TV를 통해 볼 때는 아무 소리도 들리지 않기 때문에 몰랐다. 그리고 TV로 위에서 볼 때와는 달리 경기장 바로 옆에서 보니 평면 위에 선수들이 겹쳐 보이고 먼 곳은 작게, 낮게 보여 공간을 파악하기가 어려웠다.

발의 어느 부분으로 차면 공이 저렇게 멀리 나갈까? 뻥 소리도 경쾌했다. 하긴 발로만 차는 게 아니고 배나 허벅지 그리고 온몸의 반동까지 이용해 힘을 싣는 거겠지(아마도). 구경만으로도 정신이 없을 정도로 공을 주고받았고 이쪽 골대에서 저쪽 골대까지 많이 움직였다. 게다가 한 시간을 뛰다니? 감동적이고 눈물이 날 것 같았다. 나는 그동안 나의 침잠, 우울을 너무 소중히 했구나. 순간순간의 움직임에 반응해 저렇게 뛰고 달릴 수도 있는 것을 가만히 앉아서 나의 슬픔에 집중한 시간이 너무 길었구나. 축구를 배운다면. 잔디 위를 뛰는 것만으로도 내 정체성이 달라질 것만 같은 기분이 들었다. (일 분밖에 못 뛰더라도….)

야외용 야간 조명은 눈이 부실 정도로 밝았다. 그리고 형광 주홍색 축구화. 평소에는 형광 노랑이 가장 튀어 보이지만 인조 잔디의 초록색 위에서는 형광 주홍색이 가장 선명했다. 축구화를 산다면 저 색으로 사야겠다. 최대한으로 껴입고 갔는데도 추워서 제자리에서 뛰면서 봤다. 쉬는 시간에 한 분이 자기 옷을 입고 있으라며 주셔서 감사히 받아 입었다. 굉장히 따뜻했다.

후반전 동안 학생 선수 하나가 얼굴에 공을 맞았는지 코피를 흘렸다. 넓게 펼쳐진 경기장에서 스무 명이 넘게 움직이니 무슨 일이 있었는지 보지 못했다. 다행히 휴지가 있어서 닦으라고 주었는데 피가 굉장히 많이 났다. 가까이서 보니 더 어려 보였다. 신생아의 얼굴이 이 정도가 아닐까 싶을 정도라 놀랐다. 중학생이면 10대로 자기 생각과 성격이 어느 정도는 자리 잡은 어른 직전의 상태다. 십수 년을 살면서 어떤 결정을 해서 축구 선수를 하고 있을까? 매일 혼란스럽거나 의심하고 가끔 확신을 느꼈다가 자주 좌절하며 선수 생활을 하고 있을 수도 있지만 그래도 힘든 훈련과 규율과 긴장을 견뎌내고 있을 터였다. 멋있고 존경스러웠다. 내가 만약 아이를 낳게 된다면 축구를 하게 하고 싶다는 생각이 들었다. 땅을 박차며 뛰고 몸 전체를 느끼며 자라도록 하고 싶다는 생각이.

축구를 하는 사람들은 온몸이 자신인 것 같았다.

경기 후 스트레칭을 하고 나서 나도 소개를 했다. 무척 쑥스럽고 어색했다. 경기 중 이렇게 이야기를 많이 하는지 몰랐고 멋있고 대단하고 너무 힘들어 보이는데 내가 할 수 있을지 모르겠다 등등 횡설수설했다. 팀원분들이 기본기 연습도 한다며 너무 걱정하지 말라고 말해주었다.

멋진 움직임을 많이 봐서 행복했다. 멋있을수록 더 멀게, 나에게는 불가능하게 느껴진다. 저렇게 어렵고 힘들어 보이는데 내가 할 수 있을까? 아마 할 수는 있을 것이다. 격하게 하려해도 잘해야 격하게 하지, 못하면 힘들 만큼은커녕 살살 조금밖에 못 하는 것이다. 그럼 그만큼만 하면 되겠지.

일 년 동안 피아노와 축구를 하며 완벽한 네발짐승이 되어보면 어떨까 하는 생각을 했다. 앞발은 피아노에 뒷발은 축구공에. 초등학생 같은 느낌이다. 성인은 취미 생활을 많이 하면 한량 같다. 글 쓰고 그림 그리고 피아노에 축구라니. 그래도 역시 팔다리를 내 것으로 하고 싶다.

같은 방향에 사는 분이 집 근처까지 차로 태워다 주셨다. 연습하는 요일, 회비 등 간단한 설명을 들었다. 결혼했고 아직 아이는 없다고 하니 염소를 먹으라고 했다. Cl 말고 흑염소. 아이를 낳게 되는 걸까? 임신하면 축구 못 하지 않나? 어떻게 되는 걸까? 축구를 할 수 있는 몸 상태, 아이를 낳을 수 있는 시간, 각자 꽤 한정되어 있지 않나? 운동하면 더 건강해져서 그 시간이 늘어날까? 가까운 미래조차 어떻게 흘러갈지 너무 불확실하지만 일단 네발짐승을 꿈꾸며 집으로 돌아왔다.

육십 년 만에 중학생

벌써 아련해진, 코로나 이전의 이야기다.

엄마가 중학교에 입학했다.

외할아버지는 마을 유지로 타성바지까지 거두어 먹이면서도 딸을 가르칠 생각은 못 하는 남자였다. 엄마는 내가 결혼하고 외할머니가 돌아가실 때까지, 그러니까 모든 의무를 다 마쳤다 싶을 때까지 중학교 입학을 미뤘다. 그런데 그런 때가 쉽게 올 리가 없다. 결국 엄마는 국민학교(현재의 초등학교)를 졸업하고 육십 년이 지난 뒤에야 성인 중학교에 입학하게 되었다.

외할아버지의 불호령과 잡아먹을 듯한 꾸중(학교에 가지 말라는 것이다) 속에서 국민학교라도 졸업한 것을 다행으로 여기던 엄마를 슬픔과 분노 속에서 바라봤었는데 과연 국민학교라도 졸업해 둔 것이 다행이기는 했다. 그 졸업장마저 없었다면 초등학교 과정부터 시작해야 하기 때문이다. 중학교 졸업도 검

성고시가 더 빠르고 좋지 않을까 생각했지만 엄마가 공부해 본 지 너무 오래라 검정고시도 최소한 이 년은 걸릴 것 같았다. 성인 중학교는 일 년에 3학기씩, 이 년이면 졸업장이 보장되는 것이다. 그리고 무엇보다도 학교생활을 해볼 수 있다.

외할머니의 장례를 마치고 엄마가 힘들고 허망해하는 중에 나는 당장 중학교에 입학하라고 엄마를 마구 떠밀었다. 엄마는 예상외로 순순히 입학했다. 입학식은 굉장했다. 국민학교를 졸업하고 최선을 다해 살아왔을, 그러나 마음 한편에는 학업에 대한 아쉬움이 있어 결국 중학교에 입학하는 40대~90대의 남녀가 굉장히 혼란스러우면서도 긴장된 에너지를 뿜어대고 있었다.

신입생 중 220여 명이 여성, 40여 명이 남성이었다. 남성은 못 배웠어도 그냥 사는 것일까, 아니면 중학교 입학을 못 한 여성이 더 많았던 것일까. 하지만 이보다 더 인상적인 것은 입학식을 축하하러 온 가족의 구성이었다. 전원, 100퍼센트가 딸들이었다. 더러는 꽃을 들고 더러는 울면서, 모두가 엄마를 위해 왔다. 남편도 아들도 아내도 없었다. 이게 무엇을 뜻하는지 아직도 잘 모르겠다. 나도 오래 미뤄뒀던 격한 감정을 견디며 그들과 함께 서 있었다.

입학식을 마치고 학생들이 줄을 서서 각자의 반으로 이동했다. 가방을 메고 줄을 서 있는 엄마는 흥분하고 긴장한 듯 상기되어 있었다. 줄을 서서 이동하는 것, 몇 반이 되고 담임선생님이 생겼다는 것만으로도 너무나 신선하고 기대되는 일이었던 모양이다.

열네 살짜리 중학생들도 그렇겠지만 이들 만학도 중학생들도 많이 떠들었다. 교실에 앉아 있는 엄마를 교실 문 유리창을 통해 들여다보았는데 매우 쑥스럽게 억누르고 있었지만 온 얼굴과 목까지 발갛게 흥분해 있었다.

입학식 후에는 엄마에게 양꼬치와 맥주를 사주었다. 건배하며 중학교 입학을 축하했다. 공부를 열심히 해야 한다, 1등이 아닌 엄마는 용납할 수 없다고 농담도 했다.

엄마의 중학교 생활은 다이내믹했다. 담임선생에게 반말하는 학생도 있다고 했다. 담임선생이 막내딸보다 어리다는 것이다. 수업 중에 마음대로 화장실 가는 건 기본이었는데 내가 난색을 표하니 엄마는 "노인네들은 화장실 가게 해줘야 한다"고 했다. 그리고 가장 놀랍고도 듣고 보니 당연한 것은 셀프 치맛바람이었다. 간식이나 선생님께 주고 싶은 음식 같은 것을 자신의 돈으로 사서 나눠줘 버리는 것이다.

엄청난 기세로 싸우는 학생들 이야기도 종종 들었다. 그래도 학교는 가서 앉아 있기만 해도 너무너무 재밌다며 "학교 체질인 것 같아!" 하고 드라마 배우처럼 외쳤다. 그렇게 유쾌한 엄마의 모습은 처음 봤다. 그리고 국어 시험을 다 맞았다고 몸을 떨며 기뻐하는 엄마를 보고 나는 거의 울 뻔했다.

이러던 엄마가 육칠 개월 지나자 매우 지치고 실망한 기색이 되었다. 영어는 초등학교에서 배우고 오기 때문에 중학교 1학년 과정이 꽤 어려웠다. 수학에서는 마이너스 때문에('(3+(-2)' 같은 문제) 금방 수포자 선언을 해버렸다. 마이너스, 분수, 이런 걸 왜 배워야 하냐고 수학 선생님한테 말했더니 선생님이 매우 싫어했다고. 학자녀(?)로서 선생님께 송구함을 느꼈다. (에고 저희 어머니가 그런 어머니가 아닌데… 잘 부탁드려요.) 나는 다음 계약 때 올려줘야 할 전셋값, 빚 등을 예로 들며 실생활에도 필요한 지식이라고 어필해 보았다. 하지만 엄마는 '마이너스(-)'가 아무래도 싫고 받아들일 수 없는 모양이었다.

한편 글짓기 대회에서는 국어 선생님에게 칭찬받고 흥분하는 일도 있었다. 하지만 시간 내에 다 쓰지 못해 서운해했고 결과는 장려상이었다. "장려상? 우리 엄마가 장려상이라고요? 대상이 아니고요?" 극성스러운 딸이 되고 싶은 마음이 불끈 솟았다. 며칠 지나고 엄마가 장려상이 아니라 동상이라는 소문이 있다고, 둘 다 상관없다며 덤덤한 듯 문자를 보내왔다. 그런데 그게 또 헛소문이었다. "동상 아니고 장려상 주네. 재미없다" 하고 다시 문자가 왔다. 그래도 전교생 앞에서 상을 받았다고 한다. 장한 우리 엄마. 곧이어 상장 사진이 문자로 전송돼 왔다.

엄마는 중학교를 막상 다녀보니 너무 어렵고, 별로 의미도 없는 것 같다고 했다. "가방만 메고 왔다 갔다 하는 게 무슨 의미가 있냐"고 했지만 나는 "엄마가 평생 부러워한 중학교 졸업생들 대부분 그렇게 다녔을 거"라고 위로했다. 육십 년간이나 바랐던 일인 만큼 어떻게든 졸업하도록 격려하고 닦달하는 게 나의 의무였다. 결국 엄마는 육십 년 만에 드디어 중학교를 졸업했다.

아침 7시

도서관 사물함을 배정받고 싶었다. 책이랑 텀블러랑 두고 다니고 싶고 화장실 갈 때 노트북도 넣어놓으려고. 삼 개월마다 첫 번째 평일에 열쇠를 배부한다는데 마침 그날이 곧 다가오고 있었다. 그런데 아침 7시부터라니 너무 이르다고 생각하며 꼭 7시에 와야만 받을 수 있는지 직원에게 문의했다. "아 그게요" 하며 키가 큰 직원이 허리를 쑥 숙여 손으로 바닥을 짚어 보이는데 갑자기 사람의 반이 접어질 정도였다. 허리가 아프신 분들은 아래쪽을 쓰게 되면 이렇게 힘드니 일찍들 오신다는 말이었다. 낮은 거여도 좋으니 늦게 와도 받을 수는 있겠느냐고 물어보고 싶었지만 저렇게 열심히 설명해 주는 사람 앞에서 너무 나태 안일한 질문 같아 부끄러워서 더 묻지 못했다.

어쩌면 7시라는 이른 시각에 열쇠를 나눠줄 수 있을까? 갈까 말까 고민을 거듭하다가 결국 열쇠 배부일 아침 첫차를 타고

7시가 되기도 전에 도착했다. 얼핏 봐도 100명은 충분히 넘는 사람들이 줄을 서 있었다. 도서관 직원들도 물론 출근해 안내하고 줄을 정비하는 등 일하고 있었다. 도서관은 원래 7시에 열람실을 연다. 우와, 그래도. 매일 7시까지 오는 사람도 있겠지. 그 사람은 매일 몇 시에 일어나는 걸까. 아예 짐을 캐리어로 가지고 있는 사람, 그리고 줄 선 자리에 앉아서 책을 보고 있는 사람도 많았다.

내가 너무 힘들 땐 남의 삶이 눈에 들어오지 않는다. 내 문제, 내 하루에 급급해서. 상황과 마음에 여유가 생기면 타인의 삶이 조금 보인다. 오늘 새벽의 느낌은 이런 거였다. 나와 남이 각자의 무게를 지고 있는 것이 꽤 감동적인데. 다들 지키고 싶은 것이 있으니 힘내서 하루하루를 채워가는 거겠지. 그리고 10대 때 내가 세상에서 제일 힘든 줄 알았던 게 참 웃기고도 짠하다.

나는 약간 낮은 위치의 사물함 열쇠를 받을 수 있었다. 앞으로 석 달간의 열정적인 도서관 생활이 보장된 것같이 뿌듯했다. 그리고 첫차를 타서 너무 힘들어 열쇠만 받고 집에 돌아왔다. 간절한 사람들을 보니 나도 열심히 해야지 싶었지만 그렇게 열심히는 도저히 못 할 것 같았다.

괴로운 사람을 보는 괴로운 사람의 괴로움

윗집에 50대 부부와 20대 딸이 둘 있는 네 명 가족이 이사를 왔다. 그리고 소음이 시작되었다.

다라라라라라락! 삡, 삐비빅, 쾅! 또는 삡, 삐비빅, 쾅! 다라라라라라락!

이… 뭐라고 해야 할까. 충격을 동반한 굉음이 발생할 때면 거실 천장과 모든 벽면 그리고 달력이나 액자, 심할 때면 전등까지 떨렸다. 그리고 하루에 몇 번씩 이랬다. 몇 달 후에야, 우연히 윗집과 동시에 현관문을 여닫으면서 알게 되었는데 저건 윗집이 현관문과 중문을 차례로 여닫는 소리였다. 중문은 그렇다 쳐도 현관문은 조금 조심히 닫을 수 없을까? 없는 모양이었다. 하지만 항의하기 부담이 되어서 오래 참았다.

더 심각했던 건 발뒤꿈치로 바닥을 찍으며 걷는 것, 일명 '발망치'였다. 윗집 네 식구 중 여러 명이 발망치였고 누가 움직일 때마다, 그러니까 너무나 자주 천장과 벽면이 울렸다. 윗집은 새벽 5시 이전부터 새벽 3시 이후까지 소음을 발생시켰다. 윗집 사람들은 내게 '사람'이 아니라 '소음 유발 요인'이 되었다. 도저히 인간적인 마음이 들지 않고 고통과 분노가 쌓여갔다. 집이 잘못 지어진 거라는 걸 알고는 있으면서도 순간순간, '윗집 사람들이 죽었으면 좋겠다'는 생각이 들었다.

이런 상태로 몇 달이 지나자 나는 매일 화가 나고 심장이 쿵쾅대며 몸이 경직되고 속이 메슥거렸다. 천장을 바라보며 "조용히 좀 해라!" 하고 소리를 치거나 울고, 자다가 큰 소리로 욕을 하고 심지어 토한 적도 있었다. 내 집은 소음이 울리는 울림통이 되어, 마치 내가 큰 스피커 속에 들어 있는 듯이 몸과 머리를 울렸다. 집에 있을 때에는 늘 환풍기를 틀어두어야 그나마 견딜 만했고, 웬만하면 카페나 도서관으로 도망쳤으나 집에서 쉴 수 없는 것은 참으로 괴로운 일이었다.

지인과 인터넷에 조언을 구하니 빵이라도 사 들고 가서 좋게 부탁해 보라는 것이었다. 만 3천 원짜리 롤케이크를 사서 윗집 앞에서 몇 분을 망설이다가 벨을 눌렀다. "누구세요." "아 네 저 아랫집인데요…." "…" "저 잠시 드릴 말씀이 있어서…." "무슨 일이신데요." 윗집 사람은 한숨을 쉬며 나왔다. 나는 아주 미안해하며, 집이 잘못인 건 알지만 층간 소음이 심한 아파트이니 조금 조심해 주실 수 있을까 하고 구구절절 다소 횡설수설했다.

윗집 사람의 표정이 적대적이었기 때문에 나는 점점 더 당황했다. 윗집 사람은 그럼 청소도 못 하냐, 전에는 이런 말 들어본 적 없다, 공동주택에 살면서 이 정도는 참아야 한다고 대답했다. 나는 "그래도 제가 너무 힘들어서…"하며 말을 이어가는데 그 사람은 내 얼굴은 쳐다보면서 문을 닫고 들어가 버렸다. 내가 말을 하고 있는 도중이었기 때문에 나는 그 사람이 잠시 들어간 거고, 다시 나올 줄 알고 꽤 한참을 그 집 문 앞에 서 있었다. 지금 생각하면 웃음이 나온다. 그 사람은 그냥 들어가 버린 것이었다.

나의 방문 직후에도 소음은 계속되었고 나는 그날 저녁 울림과 상한 마음을 견디다 못해 와인과 고량주를 마구 마시고 엄청나게 울면서 토했다. 토하며 우는데 온몸에 두드러기가 났다. 정신병과 몸의 병도 같이 걸리겠구나 생각하면서 토하고 울었다.

경비실과 관리실에서는 해줄 수 있는 게 없으니 더는 연락하지 말라고 했다. 두 번인가 많아야 세 번 연락했는데…. 층간 소음 관련 센터에 상담한 결과도 결국은 해줄 수 있는 게 딱히 없으니 윗집과 잘 이야기해 보시든가 이사를 가시라는 것이었다. 끔찍한 나날이었다. 특히 윗집 사람에 대한 분노와 미움이 엄청났다. 누구를 미워하는 게 이렇게 괴롭고 나를 파먹는 일이라는 걸 처음 알았다. 수명이 실시간으로 닳는 것 같았다. 이 고통을 어떻게 할까 고민하고 또 고민했다.

그러던 중 하루는 엘리베이터에서 윗집 여자를 마주쳤다. 나는 깜냥도 안 되는 대인배인 척을 하려고 윗집 여자에게 "안녕

히세요" 하고 인사를 했다. 그런데 그 여자는 내 인사를 무시하고 아무런 대답도 안 하는 게 아닌가! 나의 충격은 더욱 심해져 거의 앓아눕는 지경이 되었다. 그 뒤로 엘리베이터에서 그 여자를 마주칠까 무서워서 한동안 계단으로 십수 층을 오르내렸다.

그러던 어느 날. 급히 외출하느라 어쩔 수 없이 엘리베이터를 탔는데 윗집 여자랑 딸이 타 있었다. 그냥 계단으로 갈걸 후회하는데 그 집 딸이 엄마인 그 여자에게 거의 이년 저년 하는 수준의 욕을 했다. 아주 짧았지만 엄청난 멸시와 공격이었다. 남도 있는 데서 저럴 수가 하며 얼어붙어 있는데 윗집 여자의 대답이 들렸다. "그러면 어떻게 하면 좋겠어…?" 벌벌 떠는 비굴한 목소리였다. 나한테 얼음송곳처럼 싸가지 없고 무례하고 냉랭히 굴던 때와는 아예 다른 사람 같았다. 무슨 사정으로 자기 딸한테 저런 취급을 받고 또 저런 태도로 자기 딸을 대하는 걸까? 딸이 아닌가?

어떻든 간에 나를 그토록 무시한 사람이 저런 취급을 받는 걸 보니 미움이 또 다른 감정으로 바뀌어버렸다. 왠지 모르게 그 전보다는 덜 밉고 안됐다는 생각마저 들었다. 덜 미워졌어도 층간 소음의 고통은 이사 나오는 날까지 변함없이 계속되었다. 윗집 사람이 미안한 척이라도 했으면 덜 고통스러울 것 같다고 생각하다가 찾아가서 무시나 받고서 더 힘들었는데 오히려 그 사람의 불행한 모습을 보니 조금 덜 고통스러워지는 것 같았다. 나는 이 점이 또 마음에 걸렸다.

욕

시장에 갔다. 좋아하는 음식점에서 포장 주문을 하고 기다리는데 어디선가 고함이 들렸다. 60대쯤 되어 보이는 남성이 욕과 험악스러운 말을 마구 내뱉으며 소리치고 있었다. 이 시장에서 벌써 네 번째 보는 광경이다. 그 사람은 몸짓도 크고 위협적이어서 옆을 지나갈 때마다 당장 나를 치는 게 아닌가 싶게 무척 무섭다. 욕설의 내용 때문에 기분도 상했고 공격받은 느낌도 들어 경찰에 신고해야겠다고 생각한 적도 있었다.

그런데 그 남성이 내가 음식을 기다리고 있는 식당 주인에게 무언가를 묻고 주인은 대답을 해주며 대화를 나누는 것이었다. 그는 그러는 도중에도 계속 욕을 했는데 주인은 아무렇지 않아 보였다. 그 사람이 가고 나서 주인에게 조심스럽게 물었다.

"저분 자주 보이시던데."

"저기 가게 남편이에요."

"위험한 분은 아닌가 봐요."

그랬더니 나에게 사정 설명을 해주었다. 욕 한마디 못 하던 사람인데 사고로 뇌를 수술하고서 저렇게 됐다는 것이었다. 지금도 착한 건 여전하다고 했다.

뇌에 문제가 생기면 그럴 수 있다고 듣기는 했지만 정말 있구나. 나나 주변 사람이 이런 일을 겪으면 많이 곤란하고 힘들 것 같다는 생각이 들었다.

부당한 일을 겪어도 마땅히 드러내야 할 공격성을 갖추지 못해서 속으로만 앓는 게 나다. 꾸역꾸역 입을 다문 이런 감정들이 언젠가 내 통제를 벗어나 마구마구 입 밖으로 나오면 어쩌나 걱정하곤 했다. 그렇게 되면 "나는 병을 앓고 있어요, 그러니까 이해해 주세요"라고 늘 외치고 다녀야 할까.

저렇게 위협적으로 보이는 사람이 시장에 자꾸 나타나는데 상인들이 아무 이유 없이 그냥 두지는 않았겠지. 내가 경찰에 신고했다면 비난을 받았으려나. 하지만 사정을 모르는 사람들은 정말로 무섭게 느낄 만한 사람이었다. 그리고 우리는 대부분의 경우 서로의 사정을 모른다.

그렇다면 모든 판단을 보류해야 하나. 상냥하고 매력적인 사람들에 대해서도 한 번 더 다르게 생각해야 하는 걸까. 아, 이런 사람들이야말로 정말 조심해야 하지 않나? 위험해 보이는 위험은 오히려 고마운 게 아닌가? 피하고 조심하도록 해주다니? 솔직하다니? 이 시대에 보기 드문 순수한 마음과 외모가 아닌가? 해맑고 편안하게 또는 은혜와 감사를 느끼며 받아들였던 사람과 상황들이 당혹스러운 실체와 의도를 드러낼 때의 충격을 생각해 보면 그렇다. 평안하고 아무 일도 안 일어나는 것 같은 때에도 사람들은 움직이고 무슨 일은 계속 벌어지고 있다. 좋은 일도 나쁜 일도, 놀라거나 슬플 일도. 그 태연한 겉면에 비하면 욕은… 차라리 안쓰럽고 너무 드러낸다.

시장에서 소리치는 남자가 나에게 잘해준 것은 아니지만 갑자기 약간 친절하게 느껴졌다.

불가마 체험기

찜질방에 갔다. 여성 전용. 8천 원. 일 층에서 옷을 벗고 씻으러 가려는데 사방에 문이 열려 햇빛이 비쳐 들고 있었다. 내가 경악하니 사장은 태연한 얼굴로 문밖도 다 우리 담 안이고 여자만 다닌다는 것이다. 네…? 누드 비치에 온 느낌이었다.

사장님이 "언니! 처음 오셨대!"라는 말로 나를 지하로 인계했다. 이십 년 단골이라는 분이(직원도 아니다) 건식 사우나와 불가마 투어를 시켜주셨다. 반강제. 머리에 젖은 수건이 씌워지고 네발로 기듯 입구를 통과해 '소나무 불가마'에 들어갔다. 쪼그리고 앉아 두꺼운 거적으로 텐트처럼 머리부터 다 감싸고 있으니 어둡고 아늑하고 의외로 마음이 차분했다.

태어나서 가장 뜨거웠으나 저항할 마음을 놓고 받아들이니 묘하게 편안했다.

이십 년 단골분은 나를 곧장 냉탕으로 인도했다. 어찔어찔. 담금질이 이것이다. 이러한 과정에서 단골분의 병력, 사는 곳, 가족 관계 등을 싹 들은 것은 물론이다.

잠시 쉴 시간을 얻어 누워 있다가 음료수를 사러 일 층에 갔다. 메뉴에 '박사'가 있어 무엇인지 물으니 '박카스+사이다'라고 한다. 3천 원. '박박사'는 4천 원. 박사에 대한 미련을 겨우 떨치고 감식초를 주문했다. 3천 원. 약간 비싸다 싶었지만 받고 보니 1리터는 족히 넘어서 결국 다 못 마셨다.

쉬고 있자니 이십 년 단골분이 두 번은 해야 본전이라고 해서 불가마에 한 번 더 들어갔다. "아까 보니 잘하던데 거적은 덮지 말라"는 말에 잠깐 벗은 즉시 얼굴이 토마토처럼 끓는 듯해서 바로 다시 거적을 여몄다. 뜨겁기는 하지만 결이 일정하고 밀도 높은 열기는 어딘가 안정감을 주었다. 뜨거움은 압력처럼 물속 같은 느낌도 있었다. 도자기들은 이런 과정을 견뎌낸 거지. 짠하고 존경스러워. 불가마 속에서 거적을 감싸고 앉아 몇천 도의 불 속에서 흙은 단단해지지만 내 살은 타겠구나, 생각했다.

어느 여름날

밤 11시경부터 독일과의 축구 경기가 있었다. 이길 가능성은 거의 없다고 했지만 일단 전반전까지는 봤다. 2:0으로 이기면 돈가스를 쏜다, 치킨을 쏜다, 집문서를 주겠다는 트윗이 유행하고 있었다. 나도 호탕하게 한마디를 해보고 싶었지만 혹시 이길 수도 있고 뭘 걸어도 다 아까워서 2:0으로 이기면 내일 초밥을 사먹어야지 생각했다. 후반 십 분이 지나도 0:0이었다. 이기면 좋을 텐데 하고 TV를 끄고 잤다.

다음 날 아침 6시쯤 일어났다. 졌겠지 생각해서 경기 결과는 확인도 않고 있었는데 남편이 말하길 한국이 2:0으로 이겼단다. 남편과 함께 경기 하이라이트 영상을 봤다. 실시간으로 봤다면 정말 긴장하고 감동했을 만한 경기였다. 선수들은 경기 종료 즉시 주저앉았다. 바로 주저앉을 만큼 힘든데도 끝날 때까지 뛰다니!

몸을 움직이고 싶은 기분이 들었다. 공기 질을 체크하고 집을 나섰다. 한의원에서 많이 걷는 것이 좋다는 말을 듣고 늘 걸어야지, 걸어야지 했는데 정작 걸을 목적으로 집을 나와본 건 처음이었다. 7시 25분인데 날이 약간 흐려 거리는 아직 새벽 같았다. 공기가 시원하고 쾌적했다.

2:0으로 이겼으니 평소 가보고 싶었던 초밥집에서 점심을 먹기로 했다. 산책 겸 초밥집 위치를 확인하러 갔다. 뜻밖에도 초밥집은 문이 열려 있고 주인 내외가 가게 안팎을 청소하고 있었다. 오전 11시 오픈인데 8시가 안 된 시간부터 준비하고 있구나…. 초밥 장인인가? 점심의 초밥을 기대하며 기분 좋게 집 쪽으로 돌아왔다. 길에는 교복 입은 학생들과 공사장의 노동자들뿐이었다. 특히 학생이 많았다. 이렇게 일찍 학교에 가는 거야?

어느 골목에서 여학생 둘이 만나 학교에 같이 가는 모양인데, 호방한 목소리로 걸걸하게 인사를 주고받았다. 계속 그렇게 살아주었으면 싶었다.

어떤 집을 지나갈 때는 압력 밥솥의 꼭지가 돌아가며 칙칙 칙칙 밥 짓는 소리가 들렸다. 어느 오래된 시에 '집집마다 밥 짓는 연기 피어오르고' 하는 구절이 생각났다. 이런 정취일까? 의외로 서너 군데 집에서 밥 짓는 소리가 들려 울컥 그리운 마음까지 들었다. 이 동네에는 노인과 어린아이, 학생이 많다. 가족들이 살고 있다는 느낌이 든다. 이런 생각을 하고 있는데 "왜 아침마다 늦는 거야!" 하고 외치는 여자의 목소리가 들렸다. 어린이집 차를 놓친 엄마가 자전거 뒷자리에 아이를 태우고 등원시키러 가는 모양이었다. "엄마가~" 어떻고 하며 엄마 탓을 하는 아이의 가방에 거의 짙은 회색으로 때가 탄 수호랑 인형이 달려 있었다. 나는 수호랑을 정말 좋아해서 수호랑 인형을 잘 만지지도 못하고 소중히 모셔두고 있기 때문에 깜짝 놀랐다.

골목골목을 돌았다. 사람이 거의 없었다. 학생들도 다 등교했는지 비둘기밖에 없는 길이 많았다. 집 앞 초등학교 운동장에 갔다. 붉은 트랙과 인조 잔디가 깔려 있던 것이, 발암물질이 발견됐다고 해서 다 걷어내고 옅은 누룽지색 모래밭이 되었다. 이 학교를 정면으로 보고 있는 아파트만 해도 여섯 개 동, 비껴선 것까지 합하면 열한 개 동의 아파트가 이 학교에 접해 있다. 그만큼 이 학교를 가로질러 출근하거나 등교하는 사람이 많다. 운동하는 사람이 많을 거라 생각했는데 아침 운동은 더 일찍 끝내는지, 산책 겸 걷는 사람은 나뿐이었다.

저는 이 시간에 출근하는 사람이 아니지요, 하는 멋쩍은 기분과 출근하는 사람들에 대한 열등감과 우월감이 뒤섞인 채로 혼자서 운동장을 둥글게 돌았다.

초등학생으로 보이는 아이들이 교실로 향하던 길에 운동장에 가방을 벗어 던져놓고 그네를 타고 있고, 교복을 입은 남학생들이 비둘기에게 침을 뱉고 있었다. 나무 밑 벤치에 멀쩡한 가방이 놓여 있기에 뭔가 하고 지나쳤는데 운동기구에서 운동하던 여자가 와서 가방을 가져갔다. 벤치에 두고 눈으로 지키며 운동을 한 모양이다. 멀어져 가는 사람을 지켜볼 때 몸은 여기 있지만 눈으로는 길게 따라가는 걸 보면, 참 시선이라는 말은 적절하기도 하다. 정말로 어떤 선을 통해 이어져 있는 느낌이 든다. 멀리 떨어져 있는 사물이나 사람에게 연결되어 있는 주의나 마음은 뭐라고 하지? 그것도 굉장히 선적인데. 이런 생각을 하며 걸었다.

7시 55분쯤 되자 자동차 소리와 인기척이 많아지고 무언가 아침의 분위기가 전환되었다. 갑자기 한 다섯 명 정도의 사람들이 운동장을 가로지르며 들어오고 있었다. 호젓하고 조용한 시간이 지난 것 같아 횡단보도를 건너 집 쪽으로 왔다.

아파트 입구 옆 화단에서 참새가 땅을 콕콕 찍더니 뭔가를 먹는 게 보였다. 그 작은 입에 더 작은 벌레가 물려 있었다. 참새는 너무 작아 낙엽과도 헷갈리고, 무언가를 잡아먹는, 무언가에게 무서운 존재라는 생각은 해본 적도 없는데. 참새 부리 끝에서 짧지만 크게 꿈틀거리던 벌레가 굉장히 힘 있게 느껴졌다. 참새가 곧 벌레를 삼켰다. 짧은 여행 같은 아침이었다.

밤에 스친 사람들

그다지 중대하지 않을 수도 있는 일로 며칠을 시달리다가 조금 울고 싶어졌다. 내가 자는 남편을 깨워 하소연하면 남편은 손을 뻗어 내 눈가를 만진다. 우는지 보는 것이다. 눈물이 없으면 안 좋은 마음도 없냐? 결과가 없으면 과정도 없냐? 엄연하다. 눈물을 훔쳐내서 눈가가 말라 있으면 남편은 다시 마음 편히 잠든다. 나는 이 사람과 평생을 같이 살기로 약속한 것이다.

어차피 인생은 혼자다. 누구랑 얼마나 긴밀히 얽혀 있든 간에 내 인생은 내 거다. 내 백 번의 안달에 일일이, 그리고 내 핀트와 조금씩 또는 많이씩 다르게 반응해 주는 사람과는 더 힘들다.

여러 이유로 집에서 시원하게 울기 어렵고 간만에 공기도 좋으므로 밤 산책을 나섰다. 공기가 좋다 했더니 건물을 나서는 즉시 얼굴에 빗방울이 떨어졌다. 울고 싶던 차에 옆얼굴에 묻은 비가 상쾌하고 시원했다. 벌써 비 소식이 퍼졌는지 거리에는 사람이 거의 없었다. 꺾어 들어가는 골목마다 공기가 달랐다. 어떤 골목은 차가 지나갔는지 매연 냄새가, 어떤 골목은 담배 냄새가 또는 음식 냄새가 났다. 어떤 골목은 사람도 없고 시원하고 공기도 깨끗하고 쾌적했다. 탐색하듯 서성거리며 냄새 없이 조용한 골목으로 걸어 다녔다. 내가 아는 범위를 벗어나지 않으려 주의하면서 몇 번인가 골목을 새로 들어섰다.

어떤 단층집을 지나다가 집 안의 말소리를 엿들었다. 창문이 열려 있어 아예 나에게 말하듯이 모든 대화가 잘 들렸다. 최소 대여섯 명의 어른이 모여서 술을 마시는 듯했는데 마데카솔과 후시딘의 차이에 대해서, 그리고 뭐가 더 좋은지에 대해서 취한 목소리로 흥분해서 토론하고 있었다. "마데카솔은!" "야, 아니야! 마데카솔은~" 소리 지르는 목소리. 그러니까 후시딘은 이거고 마데카솔은 이거다, 정리하려는 외침 등등이 마구 섞여 시끄러웠다.

놀이터에는 노년 남성이 우산을 쓰고 벤치에 앉아 고개를 숙이고 있었다. 주황색 가로등에 붉은 계열의 윗옷이 더 붉게 보였다.

작은 테이블이 빼곡히 들어선 예쁜 술집에는 젊은이들이 이십여 명이 저마다 즐겁게 이야기를 나누고 있었다. 어떤 남자의 아주 큰 목소리가 이십여 명의 목소리를 누르고 가장 크게 들렸다. 자기와 자기 부인의 용돈이 각각 얼마인지에 대한 내용이었다.

어떤 불 꺼진 집 앞을 지나는데 찰떡 같은 것을 손바닥으로 세게 때리는 듯한 소리가 나고 거의 동시에 "야! 너! 이거 만지지 말라고 했어 안 했어!" 하는 30대 후반에서 40대 초반 여자의 목소리가 들렸다. 어마어마하게 화가 난 듯이 이를 갈았다. 경험상 오래 억눌린 감정이 괜한 곳에 튀어나온 듯한 느낌이었다. 그래도 도저히 사람을 그렇게 때렸을 거라고는 생각하고 싶지 않았다. 하지만 다시는 만지지 말고, 어서 이 닦고 들어가 자라는 말을 한 걸 보면 아마 사람을 때린 모양이었다. 맞은 살의 주인은 아무 소리가 없었다. 낮말은 새가 듣고 밤말은 쥐가 듣는다고 하고, 벽에도 귀가 있다고 하는데 과연 비 오는 밤에 나처럼 골목을 돌아다니는 귀가 있을 것을 신경 쓰는 사람이 있을까.

이런 생각을 하며 걷는데 주차되어 있던 차 저쪽에서 아마 고등학생 같은 여자애가 후다닥 일어나더니 나와 반대 방향으로 걸어갔다. 숨어서 피우는 건가. 담배는 어디서 얻고 있는 걸까. 그건 아무래도 좋다. 중요한 건 피임이다.

비가 조금씩 더 많이 와서 서둘러 집으로 돌아오는데 더 이상 아무것도 보고 싶지도 듣고 싶지도 생각하고 싶지도 않았다. 하지만 내 바로 앞에 어떤 중년 남성이 나타나서 큰 소리로 핸드폰 통화를 하기 시작했다. 수시는 9월부터고 뭐는 이미 늦었고 당장 준비해야 할 것은 뭐라는 것이었다. 어떻게 된 일인지 그는 내 앞에서 딱 내가 갈 길로 계속 갔다. 결국 그는 내가 사는 아파트 같은 라인의 주민이었다. 엘리베이터를 같이 탈까 봐 현관에서 자연스럽게 멈춰 서려고 발걸음을 준비하고 있었는데 그가 먼저 멈춰 섰다. 그는 현관에서 통화를 계속하고 나는 엘리베이터를 탔다.

혼자이기가 이토록 힘든데 인생이 혼자임은 확실한 것 같다. 재미있는 일이다.

더우면 블라디보스토크에 가든가

단편소설의 소재가 될 법한 이상한 순간이 내 인생에는 별로 없다. 어색하거나 어쩔 줄 모르겠는 순간들은 무수히 많아 거의 내 삶의 수십 퍼센트에 달했지만 대체로 그 이유는 짐작할 수 있었다. 화가 났거나 뭔가를 숨기고 싶거나 약점이 드러나서 당황했다거나 등등 일정한 범주에서 벗어나지 않았다. 하지만 정말 이상해서 그 순간에도 '이건 뭐지?' 단편소설인가?'라고 생각한 일이 한 번 있었다.

대학 시절의 어느 여름날이었다. 학과 휴게실에 같이 점심 먹을 사람이 있는지 알고 싶어 하는 애들이 대여섯 명 정도 모여 있었다. 약속이 있다며 나가는 애도 있었고 들어오는 애도 있었고 어쨌든 사람은 가끔 일곱 명이 되었다가 도로 대여섯 명 정도가 되곤 했다. 서로의 친밀도와 상관없이 그날의 더위가 대화의 주된 주제였다. 너무나 더운 날이었기 때문이었다. 아예 학교를

오지 말까 하다가 집이 너무 더워서 지하철의 한기를 느낄 겸 등교한 참이었다.

덥다 덥다, 요즘 정말 덥지? 어제만 해도 괜찮았는데 오늘은 정말 덥다고들 하고 있는데 한 남자애가 누구에게랄 것도 없이 "더우면 블라디보스토크에 가든가"라고 말했다. 순간 모두 말을 멈추고 그를 바라보다가 다시 어색하게 말을 이어간다거나 하는 일(이건 거의 연극이다)은 없었고 자연스러운 듯 대화들이 이어졌지만 모두가 그 말을 "들었다". 그 전까지 조용히 있던 사람의 입에서 나온 말이었기 때문에 더 뜬금없었다.

술자리가 아니어도 틀린 말과 헛소리는 많다. 그런데 실없는 말, 농담, 못 지킬 줄 뻔히 아는 말, 나중에 취소할 말, 취소할 것도 없이 그냥 그러려니 넘기는 말("다음에 밥 한번 먹자"), 화가 나서 사실과 상관없이 내뱉는 말 등도 다 그 나름의 역할과 기능이 있다. 최소 어떤 감정이나 느낌, 분위기라도 전달한다. 그런데 블라디보스토크는? 정체가 뭔데?

이 일은 너무 더울 때마다 떠올라서 마치 블라디보스토크가 더운 곳처럼 느껴질 정도다. 그 애의 얼굴도 이름도 잊었지만 여전히 궁금하다. 왜 블라디보스토크였을까? 모스크바는 너무 멀고 블라디보스토크는 미묘하게 갈 수도 있을 만한 거리 같아서 더 신경이 쓰인다. 그나저나 그 애는 블라디보스토크에 가봤을까?

이제 와 검색해 보니 블라디보스토크의 8월 평균기온은 20.2도. 과연 여름치곤 괜찮다. 그런데 한국의 8월 평균기온도

25.6도다. 며칠이 너무 더워서 그렇지 평균 5도 차이밖에(?) 안 나나? 하는데 블라디보스토크의 1월 평균기온은 −13.7도. (한국은 1.5도다.) 갑자기 그 애가 한 말이 '여름에 좀 시원하고 겨울에 얼어 죽어보든가'로 들린다.

나름의 반전이 생긴 것이… 십칠 년 만에 단편소설이 마무리되는 느낌이다.

군밤

횡단보도를 건너려고 신호를 기다리고 있는데 누군가 내 손을 덥석 잡았다. 너무 놀라서 무슨 일인가 하는 사이 그는 벌써 다음 사람의 손도 잡은 다음 또 다음 사람의 손을 잡고 있었다. 도대체 무슨 상황인가 생각하며 그제야 내 손을 보니 노랗고 동그랗게 쥐어진 군밤 두 개. 다른 사람들도 저마다 당황하며 손에 손에 군밤을 들고 서 있었다. 그리고 신호가 바뀌어 사람들이 건너기 시작할 때에는 군밤 장사는 이미 자리로 돌아가 제 할 일을 하고 있었다.

나도 일단 길을 건넜지만 궁금해서 신호가 두 번 바뀌는 동안 가만히 서서 군밤 장수를 지켜보았다. 빨간불에 사람들이 멈춰 서기 시작하는 시점부터 신속하게 이뤄지는 군밤 장사의 행동은 꽤 리드미컬했고 거의 매번 모든 사람의 손에 군밤이 쥐어졌다. 판매로 이어지는 경우는 별로 없는 것 같았다. 그도 알고 있을 터인데, 한 번만 구매로 이어져도 이득인 걸까? 아니면 그냥 맛이나 보라, 이걸까.

가던 길을 가기로 결정하고서야 손을 펴 군밤을 들여다보았다. 땡글땡글 노랗고 윤기가 도는 것이, 밤송이 안에서 꼬옥 안겨 딴딴하게 다져지면서 잘 자란 것 같았다. 그 자리에서 까먹는 사람은 없었지만 아무도 버리지 않고 손에 군밤을 쥔 채 걸어갔다.

아이스크림 가게에서

아이스크림을 사러 갔다. 늘 먹는 아이스크림을 꺼내려는데 태권도 옷을 입은 어린이 셋이 들어왔다. 한 명이 엄마에게 줄 아이스크림을 사 가고 싶은데 무슨 맛을 살지 모르겠다고 했다. 다른 어린이가 엄마가 평소에 뭘 좋아하시냐고 묻자 어떤 날은 빵빠레 먹고 어떤 날은 돼지바도 먹고 어떤 날은 와, 아니면 모히또나 요맘때, 누가바…. 하여튼 다양했다. 세 번째 어린이가 그러면 상큼한 거랑 단 거 두 개를 사 가서 엄마 하나 드리고 남은 걸 네가 먹으라는 제안을 했다. 꽤 현명한걸…. 하지만 어린이 본인이 먹고 싶은 건…? 내가 고민에 빠진 사이 어린이는 그렇게 하기로 결정한 모양이었다. 다른 두 어린이는 아이스크림을 까서 먹기 시작했다. 나도 아이스크림을 먹으며 가게를 나섰다. 길에서도 대화는 계속됐다.

"집에 가기 전에 녹으면 어떡하지?"
"조금 빨리 가자 그럼."
"어 근데 너무 손 시리다."
"내가 하나 들어줄까?"

놀라서 몰래 보니 두 개의 아이스크림을 산 어린이는 잃어버리면 안 되는 물건을 잡듯이 아이스크림을 한 손에 한 개씩 꼭 쥐고 있었다. 게다가 하나 들어주기로 한 어린이도 아이스크림을 손바닥에 꼭 붙여 쥐고 있었다.

두 가지 맛 중에 엄마가 오늘 먹고 싶은 게 있었을지, 어린이도 먹고 싶은 걸 먹었을지 궁금해하며 즐거운 시간을 보내야지, 하던 참이었다. 그런데 아이스크림은 포장지 가장자리를 잡는다거나 이런 것도 경험으로 배운 거였나? 어디까지… 어디서부터…? 숨쉬기도 배워서 하고 있는 걸까. 갑자기 처음 먹어보는 것처럼 아이스크림을 핥으면서 조금 떨었다.

깨끗해요

버스를 타고 가고 있었다. 교복 입은 학생 하나가 버스에 올라 오른손을 기사 쪽으로 내밀며 뭐라고 말을 했다.

학생 "저 이거 바닥에 떨어뜨렸는데요."
기사 "에?"
학생 "동전을 떨어뜨려서요."
기사 "근데요? 그걸 왜 나한테 말해?"
학생 (동전을 든 손으로 요금 통을 가리키며) "떨어뜨렸던 건데, 여기에 넣어도 될까요?"
기사 "그걸 왜 넣어?"
학생 "버스를 타기 위해서요."

기사는 완전히 대폭소했다. "아니 그냥 넣으면 되지 뭘 그런 걸

말하고 있어! 빨리 앉아!" 그리고 버스가 출발했다. 학생은 귀에 이어폰을 끼고 음악을 듣기 시작했고. 나만 충격을 받은 채 멍하게 앉아 있었다.

바닥에 떨어졌던 돈을, 사람들이 주로 손으로 만지는 돈이 들어 있는 통에 같이 넣어도 되냐는 말인 것 같은데…. 길은 더럽고 손은 깨끗하다는 것일까? 학생의 말투는 명료했다. 그 점이 '깨끗한 것은 깨끗한 것이고 더러운 것은 더러운 것'이라는 생각을 더 아련하게 만들었다.

돈이 깨끗한가? 손은 깨끗하고? 길바닥과 신발 바닥은 더럽고? 아무리 부자여도 5만 원짜리나 10만 원짜리를 바닥에 떨어뜨리면 주울 텐데. 그리고 그 돈은 지갑으로 들어가 책상 위에 식탁 위에 침실 협탁 위에 머무는 것이다.

생각해 보니 어릴 때는 방바닥에 파리를 잡은 자리를 기억해 두고 피해 다녔었다. 지금은 음식에 벌레가 붙어도 털어내고 그냥 먹는다. 어느새 깨끗한 것도 더러운 것도 없다고 생각하고 있다. 소독약이나 무균실 정도는 깨끗하고 똥이랑 변기 정도는 더럽겠지? 그 중간은 역시 잘 모르겠다.

송년회

더위가 가고 공기가 선선해지면 송년 모임을 생각한다. 너무 추워지기 전에, 너무 붐비는 때를 피해 조금 이르게 한 해를 마무리하는 모임을 한다. 이런저런 사정이 생기기 쉽고 한두 번 미루게 되기도 하니 가을부터 미리미리 만난다.

왜 한 해가 갈 때 사람들은 서로를 만나고 싶어 할까. 결산 보고일까. 자주는 못 보니 정기적으로라도. 올해 이렇게 살았고 내년에는 이렇게 할 거라고 서로 업데이트하는 걸까. 메시지를 주고받고 SNS로 일상을 공유하면서도 나는 왜 그들이 보고 싶을까.

자신의 삶을 잘 꾸려야 타인과도 잘 지낼 여유가 생긴다. 그래서 우리는 자주 만나지는 못하는지도 모른다. 아쉬운 대로 이런저런 연락을 주고받지만, 역시 보고 싶다.

'보고 싶다'는 것은 단순히 눈으로 봤으면 좋겠다는 말이 아니다. 사진을 보아서는 보고 싶은 마음이 해결되지 않는다. 영상통화도 조금 나을 뿐. 목소리를 들어도 실시간으로 대화를 나누어도 여전히 보고 싶다. 만나야 드디어 충족되고 만족스럽다.

만나고 싶다는 것. 만나서 이야기하고 싶다는 것. '얼굴 보자' '밥 먹자'는 것은 피와 살로 된 얼굴과 몸을 직접 보고 같은 공간에서 함께 밥을 먹으면서 온몸으로 상대를 느끼고 같은 감각을 공유하고 싶은 것이다. 그렇게 같은 배경 안에 함께하는 것. 서로의 삶의 한 순간에 포함되는 일. 시공간과 오감을 공유하는 일. 이것을 원하는 것이다.

한 해가 가는 것은 쓸쓸한 일인지도 모른다. 일 년이라는 시간을 공식적인 과거로 봉하는 시기이니. 겨울이라 추워서 그런지도 모른다. 그래도 쓸쓸해서든 어때서든, 오랜만에 연락해도 어색하지 않은 것만큼은 좋다. 추위로 코와 귀가 빨개진 채 목도리 너머로 하얀 입김을 달고 나타나는 얼굴이 보고 싶다.

나는 나의 최선이니까

초판 1쇄 인쇄 2023년 4월 24일
초판 1쇄 발행 2023년 5월 2일

지은이 서한겸

편집인 이기웅
책임편집 김혜영
편집 안희주, 주소림, 양수인, 한의진, 이원지, 오윤나, 이현지
그림 키미
디자인 둘셋
책임마케팅 정재훈, 김서연, 김예진, 김지원, 박시온, 류지현, 김소희, 김찬빈, 배성원
마케팅 유인철, 이주하
경영지원 김희애, 박혜정, 최성민
제작 제이오

펴낸이 유귀선
펴낸곳 ㈜바이포엠 스튜디오
출판등록 제2020-000145호(2020년 6월 10일)
주소 서울시 강남구 테헤란로 332, 에이치제이타워 20층
이메일 odr@studioodr.com

ISBN 979-11-92579-44-3(03810)

스튜디오오드리는 ㈜바이포엠 스튜디오의 출판브랜드입니다.